Arthur CONTE

YATRIDÈS
maître du temps

1992

PREFACE

Georges YATRIDES ? Un artiste de génie, créateur de temps et d'espace dans le sens le plus puissant de la définition. Dans son art, on ne sait quoi désigner de plus saisissant, la profondeur du regard, la vigueur du poignet, l'invention des couleurs, chaque tableau à la fois miniature et cathédrale. Dans ses origines, à la fois les fées les plus harmonieuses et les fées les plus tourmentées se retrouvent, l'Athena de l'homme né Grec et toutes les angoisses de la négritude esclave, les sourires du Dauphiné et les ricanements des masques aztèques, le printemps perpétuel de la Californie et les plus atroces tempêtes : ce magicien a su finalement allier toutes les ombres et toutes les lumières de ses randonnées, de Delphes aux Congos, de Grenoble aux Mexiques, de Los Angelès aux cités les plus diaboliques. De plus, comme les vrais Grands, il est inclassable. On ne saurait l'apparenter ni à école, ni à église, ni à fleuve : il n'y aura jamais qu'un Yatridès, qui ne se définira jamais que comme "Yatridès". Ainsi aussi, en pleine civilisation des masses et des fatalismes, préserve-t-il, à son tour, la fierté et la noblesse de cet être de plus en plus rare : l'homme seul... pour autant en vrai et intense communion avec l'humanité la plus profonde.

Arthur CONTE

La toile s'appelle *"LE ROYAUME DE DIEU"*.

Vous vous demandez pourquoi ? Au premier regard, tout vous paraît triste et raide. Même s'il peut être vrai que Dieu soit d'une angoisse infinie et encore plus rigide que la géométrie d'Euclide, vous pensez aussitôt que le titre est faux.

Non, ce n'est point possible, l'immense univers inventé, pétri et illuminé par des Pensées et des Mains qui relèvent de l'inimaginable, ne saurait se concentrer dans cette vision trop sèche et déconcertante.

Un jeune homme, après un grand effort, ou pour mieux méditer, s'est accroupi sur ses talons, avec pour appui la pointe du pied droit replié et nu. On ne voit pas le pied gauche. Le pantalon vert foncé, serré aux chevilles, est d'un paysan serbe ou provençal. Les mains, aux longs doigts effilés, dessinées en griffes de robot, reposent sur des cuisses qu'on devine puissantes. La chemise, retroussée aux manches, et en large col Danton, découvre un large poitrail de lutteur où se distinguent deux chapelets de cicatrices. La mâchoire est serrée, mufle boudeur. Les cheveux très noirs pourraient être d'un Indien, quoique la face soit aussi livide que la chemise. Les yeux sont vides, morts.

Du reste, à quoi bon, y aurait-il regard ? Pour toutes couleurs qui ne soient pas grisaille ou deuil, vous n'apercevez qu'un long ovale vert pâle, qui doit être un lac et, au-dessus de trois centimètres de bistre, un large trait écarlate, qui doit vouloir être du cuivre ou de l'uranium. Des tubulures, qui sont peut-être des jets d'eau ou de pétrole, montent vers le ciel. Vous ne savez pas si vous voyez courir là-haut des nuages, ou des brouillards du malheur, ou des sortes d'engins volants, ni si vous avez à deviner au sol un escalier quelconque ou un pauvre temple aztèque. Ce qui est sûr, c'est que, excepté ce lac saugrenu et ce rouge étrange, tout est une saisissante symphonie de gris, de beiges et de bistres. La diagonale partie du coin droit, en bas, court sur le genou gauche, arrondi comme une massue, la griffe de la main droite et la dernière marche de l'escalier pyramidal, pour rejoindre l'éperon de l'aéronef complexe, peu importe si l'appareil, en vérité, nuage, n'est qu'illusion d'optique. C'est la diagonale forte. L'autre part d'un coin gauche tout-à-fait vide, sans doute miroir de néant et de nostalgie, pour rejoindre un tranquille coude droit, puis le cou, d'une harmonie impeccable, puis la crinière d'ébène, si noire qu'elle fait paraître encore plus noir son coin de ciel.

La première impression est donc de pitié ou de peur. Autant imaginer un aveugle au désert. Le sentiment en est d'autant plus poignant que de toutes parts, les lignes, nettes, implacables, se croisent ou se poursuivent avec une rigueur sauvage. Une volonté de mathématicien, aux théorèmes inaccessibles, a seule pu vouloir de telles rencontres.

Mais, aussitôt, les vraies questions vous assaillent.

Vous avez cru que cette tache de vert était un lac. Si elle était un galet avec lequel un océan aurait joué durant des millénaires ? Si elle avait l'ambition d'être une émeraude, à peine un peu trop pâle, un bijou pour Roi des Rois, oubliée par un volcan au rivage de la préhistoire, ou lentement façonnée par un limon las de jouer avec de simples cailloux ? Ou bien, si elle n'était qu'une goutte d'eau, offerte par dérision du ciel à ce Sahara ou à ce Néguev ? Elle peut tout être, même un jouet, ballon oblongue, même uniquement de l'art pour l'art, ivresse verte pour voluptueux abstraits, même le miroir où Dieu, provisoirement absent, viendra tout à l'heure se contempler ou se sourire. C'est cela, peut-être aussi : la perfection de l'énigme...

Vous ne vous interrogez pas moins intensément sur l'ellipse pourpre. Un fer de lance, qui a bu son sang ? La fleur cruelle qui détient les tendresses de l'émeraude miroir ? Le seul plaisir d'exister, parce que la loi éternelle ne sépare jamais les deux grandes couleurs seules capables d'être symboles de la vie ? Une falaise vermeille, pour mieux rappeler aux rôdeurs du grand large, que la terre n'est pas moins atroce que la mer ? Un jeu de poète qui, en plein centre du tableau, dans cette apogée d'un crépuscule, a voulu maintenir la suprême présence d'un rayon de soleil ? Il est trop vrai que, comme le lac ovale, ce morceau de métal flamboyant ou de lumière radieuse, prend lui aussi des significations à l'infini...

Silence ! Regardez mieux ce jeune homme. Non seulement l'ovale du visage est parfait, frère de celui du lac, et les maîtres italiens de la Renaissance, même à Venise, n'ont pu en imaginer de plus purs, mais vous découvrez vite que l'oreille, blottie dans la chevelure, et dessinée comme un poste récepteur, est en pleine extase d'écoute. Ce jeune homme, vous dites-vous, entend des chants de Dieu. C'est pourquoi la bouche ne sourit pas et tout le corps exprime une immobilité indicible. Alors, soudainement, vous réalisez que les yeux, en vérité, ne sont pas éteints. Ils existent. Ils vivent. Ils contemplent. Il ne s'agit pas d'un regard d'infirme, mais de la vision tranquille d'un prieur adorateur d'harmonie. Loin d'être un triste, il est de fait un optimiste, qui sait vivre et s'enchanter. Du coup, la toile se met à rayonner de bonheur. Une féerie a joué : même ces gris et ces bistres, qui paraissaient il y a une seconde si accablantes de désespoir, se mettent au chant du Monde.

Le jaillissement de la tubulure devient hymne.

L'escalier n'est pas fils du hasard ou du caprice, mais figure, non moins sereinement qu'une cathédrale romane, que le monument a autant que l'océan pur droit à la vie.

Dans votre âme, l'avion se change en cigogne porteuse de tous les plaisirs du revoir et de toutes les délicatesses de la fidélité. Le nuage n'était pas polluant. Déjà, vous vous dites que, sans nos amis nuages, tout ne serait que désert. Ils nous donnent des fleurs et des fruits et non des larmes.

La ligne cesse d'être rigoureuse. Même la plus hardie, la plus osée, relève de cette symphonie de la sérénité et de la certitude.

Sur la poitrine du jeune homme, à la place des cicatrices, vous préférez retrouver les amulettes d'une âme simple.

Et alors vous vous dites que, seul, un artiste d'une exceptionnelle envergure, après avoir bu aux plus grandes sources de l'Inspiration, a pu découvrir, avec du simple graphisme, une aussi prodigieuse lumière.

Tel est bien le cas : ce "Royaume de dieu", cuvée 1978, est signé YATRIDÈS. Ce n'est point hasard.

Dès sa date de naissance, cinq mars 1931, à Grenoble, en Dauphiné, il en a fallu des misères, des chaos, des amours tempêtueuses et des routes interminables pour nous faire découvrir sous ce pinceau, tout ce génie.

Nom : Yatridès. Etymologiquement "fils de médecin". C'est que le grand-père est du Péloponnèse. Pour autant, n'allez pas imaginer l'un de ces Spartiates, noueux, rugueux et ragots, qui évoquent un cep de vigne, avec une peau craquelée comme de l'écorce. Il est tout au contraire typiquement indo-européen. Blanc de peau, grand de taille, blond viking de cheveux, yeux verts, il est cousin de ces Hellènes, Aryens sauvages, qui fondèrent au VIIe siècle, sur les terres de l'ancien royaume d'Ourartou, une sorte de Grèce de l'Est. La substance du personnage se tire donc d'abord des profondeurs même de l'aventure indo-européenne, sous le double signe, si rayonnant, du vagabondage et de la fidélité : l'âme première est de ces Grecs antiques, de surcroît intraitables Spartiates qui s'en vont au lointain au-delà des terres et des mers, mais pour mieux fonder une nation sœur de la patrie natale.

Prénoms : les plus grecs, Georges et Alexandre - d'autant plus que Georges, en Grec "ergon" (travail) "geo" (terre) signifie "l'homme qui travaille la terre".

Signe zodiacal : Poissons, ascendant Taureau. Il est frère dans les étoiles, de Chopin, de Mendelssohn et de Haendel, autrement dit des personnages fortement individualisés, mais voués à faire valoir une sensibilité universaliste. De tels natifs se fondent douloureusement, quoique harmonieusement, dans l'âme d'un groupe jusqu'à s'abandonner à l'oubli de soi. Toute leur poussée vitale s'exprime en direction de l'infini ou, tout au moins, d'une totalité aussi vaste que possible. On ne transige pas avec l'appel qui monte du fond des âges. Ainsi Chopin, tout en campant à la perfection la silhouette populaire du musicien romantique, saturnien de pauvre constitution, d'apparence frêle et pâle, âme aussi sensitive et fragile que le corps, inégalable "génie-sylphe" d'essence volatile et angélique, "ange égaré sur terre", dit George Sand, "que fait saigner le pli d'une feuille de rose, l'ombre d'une mouche", interprète-t-il plus encore la nostalgie d'un paradis perdu, on ne sait quelles voluptés prénatales, et, comme le dit Léo Ferrero "une musique d'avant la vie" : si verrouillée et resserrée que soit son âme martyre, il peut faire parler à un seul instrument la langue de l'infini.

Haendel a beau être un colosse armé de tous les appétits et de toutes les vitalités, vorace de toutes nourritures terrestres, même les plus diaboliques, il n'est jamais lui-même que dans le souffle cosmique et la vision des mondes supérieurs. Leur vrai rêve est l'âge d'or. Leur destin les appelle à une vie errante, décousue, au moins en apparence, incohérente. Sans doute voient-ils comme le Rimbaud du *"Bateau ivre"*, ce que jamais les yeux n'ont pu voir : *du fond de moi, lorsque je l'interroge, viennent des sentences mystiques, des rêves inexpliqués*.

Autre frère dans le signe : Michel-Ange. Georges Yatridès naît le cinq mars 1931 à 8 h du matin, le grand Toscan le six mars 1475, à Caprese, vers deux heures du matin. Comme l'écrit André Barbault dans son beau livre sur *les Poissons*, "l'aspect majeur du thème est une conjonction *Soleil-Mars* en *Poissons*, reliée par deux trigones à *Neptune*, près du *Milieu du a a* et à *Saturne*, configuration splendide, mais antithétique, par où s'expliquent à la fois les grandes réussites de l'artiste et la tension originelle dont son œuvre est l'expression. Dans ce thème, en effet, les deux astres de feu sont en signe d'eau et la conjonction la plus dynamique est au service des valeurs les plus universalistes, les plus transcendantales qui soient ; l'homme né sous ce ciel sera constamment la proie de deux tendances contradictoires ; de par sa conjonction *Mars-Soleil*, il voudra la plus totale affirmation individuelle ; mais, de par sa signature *Poissons* dominée par *Neptune* et intensifiée par la présence même de la *Lune* dans le douzième signe, il aspirera en même temps à se perdre, à se résorber dans le Tout ; de là vient cette dialectique de vie et de mort, partout sous-jacente dans l'œuvre et dans la pensée de Michel-Ange, cette tension qui a déchiré l'homme, mais qui a fait la grandeur inégalée de l'artiste. Il y a à la fois sans cesse quête féroce de l'assouvissement personnel et sens grandiose de communion cosmique.

Caractère selon les étoiles : de tels natifs sont des amoureux tourmentés, avec quelque goût pour le martyre. Le cœur de ce type présente une complexité rare, envahi par des sensations et émotions multiples, noyé par un rêve sans fin ni limites, il est comme un alambic où fermentent des passions sourdes. Comment ne ferait-il pas un amoureux tourmenté ? Cette alchimie secrète distille un monde étrange fait de tout un miroitement d'états émotifs, d'impressions fluides, d'effluves infinis, d'autant plus malaisément discernable qu'il est plus ou moins hermétique : un tel être tient sous clef les secrets de sa vie privée. Ce cœur en clair-obscur est immense et insondable comme la mer ; il est le vivier où l'être puise sans jamais l'épuiser... Au surplus, il peut abriter les plus sombres cauchemars comme il peut apporter les plus lumineuses révélations spirituelles...

Année 1931. C'est une année seuil. La France, comme l'univers, passe des débridements des années folles, surréalisme, garçonne et charleston, à un autre type d'années folles, dominées par le drame et la guerre. Les Parisiens, à l'occasion d'une fabuleuse exposition coloniale, s'en vont contempler le temple d'Angkor au bois de Vincennes et s'offrent à qui mieux mieux les danseuses de Bali : ils y vouent une telle avidité que l'on peut déjà prendre conscience que les voilà à s'extasier devant un monde qui, bientôt, n'existera plus. Les splendeurs du colonialisme universel jettent leurs derniers feux. Symbole des défaites de la paix : Aristide Briand, l'apôtre de la guerre à la guerre, le prophète du désarmement général, simultané et contrôlé, ne parvient pas à se faire élire Président de la République. En vain aussi, comme ministre des Affaires étrangères, avec un Président du Conseil qui s'appelle Pierre Laval, multiplie-t-il les initiatives d'arbitrage. L'Allemagne du chancelier Bruning est gravement touchée par la crise économique et se déclare incapable de payer les réparations dues aux termes du Traité de Versailles : déjà le monde entier se met à l'écoute du terrible sorcier qui, sous le signe de la croix gammée, appelle aux croisades de la violence. L'Autriche est plus atteinte encore ; elle a voulu conclure une union douanière avec l'Allemagne ; les alliés s'y sont opposés ; là aussi, les Nazis en chemise brune ont beau jeu de réveiller les fantômes guerriers. L'Angleterre a trois millions de chômeurs et connaît une détresse telle que sa Banque nationale a dû lancer des appels au secours à la France et à Washington. Tout un univers traditionnel craque. En Italie, Bénito Mussolini accentue sa dictature et ose supprimer les associations de la jeunesse catholique. En Espagne, les élections ont donné une majorité républicaine, Alphonse XIII est parti pour l'exil et Alcala Zamora a été élu Président de la toute neuve république ; tout le monde s'accorde pourtant à reconnaître la fragilité du nouvel état. Le Japon, affamé, pour trouver de nouveaux débouchés, se lance à la conquête de la Mandchourie. Un nom apparaît pour la première fois dans la presse, un certain Mao Tsé-Toung, promu à la tête de la république communiste de Yang-Ki. Dans son Kremlin, Joseph Staline s'assure définitivement le pouvoir absolu et ne va que plus intensément soutenir la nouvelle guerre de cent ans, commencée dès 1917 : la guerre mondiale et inlassable contre les sociétés libérales. Les exploits les plus largement commentés sont ceux de Haardt partant pour la "croisière jaune", du professeur Picard s'élevant dans son ballon jusqu'à 15 700 m et du gangster Al Capone, enfin arrêté à Chicago et condamné à onze ans de travaux forcés pour... fraude fiscale. Certes, littérature, cinéma, théâtre et arts prodiguent merveilles sur merveilles d'un univers libre.

Saint-Exupéry obtient le Fémina avec *"Vol de nuit"*. On s'arrache *"Sanctuaire"* de Faulkner. Giraudoux fait jouer *"Judith"*, Pagnol *"Fanny"*. Ravel donne sans ironie son *"Concerto pour la main gauche"*. Le cinéma allemand offre à la fois l'*"Opéra de quat'sous"* et les troubles *"Mädchen in Uniform"*. On ne se lasse pas d'opérettes légères : à *"Phi-Phi"*, dont la première représentation fut donnée à Paris le jour même de l'Armistice, succèdent *"Dédé"*, *"Pas sur la bouche"*, bien d'autres encore, autant de triomphes. Le nouveau Charlot s'appelle *"Les Lumières de la ville"*. Les Français ont à choisir entre *"Le Sang d'un Poète"* de Cocteau, *"Le Million"* de René Clair et *"La Chienne"* de Renoir. Bergson écrit *"Les Deux Sources de la morale et de la religion"*, Mauriac *"Le Nœud de Vipères"*, Céline *"Voyage au bout de la nuit"*. Jules Romains, jamais désabusé, commence *"Les Hommes de Bonne Volonté"*. C'est l'époque où Salvador Dali, qui se veut le Lancelot de la Raison, commence à stupéfier une Europe déjà trop ébranlée, avec ses "concoctions destinées à réactualiser le romantisme classique" à l'usage des pédérastes, l'abandon des "théories des images hypnagogiques", à l'usage des toxicomanes, le "repolissage des fruits défendus de la Révolution", à l'usage de la haute société, la "frappe de slogans idéologiques", à l'usage de surréalistes à bout de souffle, et, toujours à l'usage des surréalistes avec qui il vient de rompre, "l'infiltration dans les fruits défendus de la tradition". Au désespoir secret de ne pouvoir plus jamais retrouver d'époque bleue ou d'époque rose, Picasso multiplie les provocations générales, de ricanement en ricanement, de grimace en grimace. L'année 1931 se situe dans cette étrange zone de transition, plus ou moins trouble, entre joie de danser et peur de vivre, entre une humanité à tout aimer et des générations à tout casser. L'univers est encore au cirque, à s'amuser avec gentils clowns, gais funambules et belles ballerines, et déjà les loups hurlent, seuls animaux au monde à ne pouvoir participer aux liesses du chapiteau. Nostalgie pathétique et symbolique : dans sa retraite toute neuve de Port-Lligat, Dali, avec une passion sauvage, ne cessait pas de peindre Gala, qu'il vient d'enlever au pauvre poète.

Paysage natal : le Dauphiné et Grenoble, capitale des Alpes françaises. Mais Grenoble n'a plus rien de commun avec la cité médiocre et étriquée, vingt mille âmes en 1789, dont parlait Stendhal, lequel y naquit, lui aussi, et ne cessa de toute sa vie de maudire "l'ignoble Grenoble", ce "quartier général de la petitesse" qui devait incarner pour toujours à ses yeux "tout ce qui est bas et plat". Allez d'ailleurs savoir, tant la haine est proche de l'amour, si Stendhal ne porte pas plutôt à sa ville, un peu de cet amour ambigu, de cette affection habillée de sarcasmes, de cette gratitude honteuse qu'aura plus tard nourri un Mauriac pour son Bordeaux. Il reste que Grenoble, avec les ans, est devenue une admirable cité-capitale, harmonieuse et ouverte, à vastes espaces et amples perspectives, une ville qui sait respirer, et qu'aucune province ne recèle peut-être autant de trésors du passé que n'en préserve ce robuste Dauphiné, impressionnante forteresse naturelle, souvent conquise et traversée, jamais colonisée. En tout cas, le paysage est de rêve pour un artiste avide des plus beaux songes. Voici le château du Touvet, bâti entre Grenoble et Chambéry, en plein cœur de la vallée du Grésivaudan, simple tour de guet à l'origine, continuellement agrandie et modifiée, alimentée en eaux vives par les sources du massif de la Grande Chartreuse : la belle Madame du Barry, favorite de Louis XV, y jouera enfant sur l'admirable escalier d'eau ou sur les parquets en marqueterie de noyer, de cerisier et de sycomore ; avant la Révolution, on cantonna dans le parc le régiment Royal-Marine, où un sergent, nommé Bernadotte, surnommé Belle-Jambe, jouait à composer des poésies lyriques. Voilà le château de Sassenage, au pied des premiers contreforts du Vercors, allure Louis XIII, qui se souvient peut-être à peine qu'une très belle Marguerite de Sassenage y fut la maîtresse du futur Louis XI, alors Dauphin et qu'une aussi belle Hélène de Sassenage y fut follement aimée d'un prince zizime qui, révolté contre son frère Bajazet, avait trouvé refuge en France, c'est sans doute pour mieux garder intacte l'image de Mélusine, dont les Bérenger-Sassenage disputent aux Lusignan l'honneur d'être issus : Raymondin de Béranger avait épousé une ravissante jeune femme, aimante et douce, qui, cependant, lors de leur mariage, avait posé une condition ; en aucun cas son époux ne devait pénétrer dans sa chambre un certain soir de la semaine. Piqué de curiosité, Raymondin, trahissant son serment, fit irruption dans la pièce le jour interdit ; quelle ne fut pas sa stupéfaction de découvrir sa femme en sirène, jambes transformées en queue de poisson. Mais Mélusine, surprise, poussa un cri déchirant et disparut dans une des grottes voisines, les fameuses "Cuves de Sassenage", devenues son royaume. Voici Château-Bayard, où naquit au XVe siècle, Pierre Terrail, plus connu sous le nom de Chevalier Bayard, le "chevalier sans peur et sans reproche", et voilà Brangues, "Syllabe de bronze", manoir au beau toit de tuiles que Paul Claudel vient d'acheter aux Virieu, tout proche de l'église du village qui, il y a cent ans, fut le théâtre d'un drame voué à inspirer à Stendhal *"Le Rouge et le Noir"*. Le séminariste Berthet y blessa d'un coup de pistolet Madame Michaud de la Tour ; il avait été précepteur des enfants Michaud, puis de Mademoiselle de Cordon, qu'il prétendait avoir séduite, après avoir obtenu les faveurs de Madame Michaud ; il termina guillotiné à Grenoble. Voici Crolles, c'est à Amblard de Beaumont, Seigneur Crolles, que l'on doit pour une bonne part le rattachement du Dauphiné à la couronne de France, laquelle l'acheta pour à peine deux cent mille florins, et voilà l'antique prieuré des Augustins, paradis des augustins déchaussés et où vécut le très Saint Hugues de Lincoln, celui-là même qu'un vieux chroniqueur cite comme "la force des évêques, le modèle des moines, l'oracle des écoles et le marteau des rois". Voici le château de Pupetières, œuvre de Viallet-le-Duc, tout près du vallon immortalisé par Lamartine :

"Mon cœur lassé de tout, même de l'espérance
n'ira plus de ses vœux importuner le sort
donnez-moi seulement, vallon de mon enfance,
un asile d'un jour pour attendre la mort."

Voilà Voreppe, théâtre des *"Liaisons Dangereuses"*. Il est trop vrai que c'est la belle Marquise de Blacons, propriétaire du château sous Louis XV, qui servit de modèle à Choderlos de Laclos, alors officier d'artillerie cantonné à Grenoble, pour le personnage saisissant de Madame de Meffrey, héroïne des *Liaisons ;* on n'en oublie pas pour autant qu'Honoré de Balzac y séjourna, lui aussi, et y trouva l'inspiration de son *"Médecin de Campagne"*. Voici Vizille où, aux veilles de la Révolution, se réunirent les Etats-Généraux du Dauphiné, et où en 1799, séjourna un peu l'infortuné pape Pie VI, avant de mourir à Valence, prisonnier des révolutionnaires. Et voilà Virieu, un château de l'an mille, superbement féodal avec ses tours couronnées de chemins de ronde et coiffées de poivrières. Toute la province fixe une incomparable mine où le passant ramasse à pleines mains, rubis de l'histoire et émeraudes de la légende.

Famille : grecque et internationale . Le grand-père paternel, diacre orthodoxe, Nicolas Yatridès, exerce son pastorat au sein d'une communauté grecque de Californie. Le père, Nicolas, lui aussi, trente ans à la naissance de Georges, aussi allègrement étudiant dilettante que philatéliste passionné, n'aura pour ainsi dire traversé les Etats-Unis d'Amérique et l'Océan Atlantique, que pour se marier et avoir cet enfant. A peine aura-t-il créé une compagnie de champagne. Dès quelques années après la venue au monde de son fils, il divorce pour s'en aller vivre au Mexique. Le grand-père maternel, avocat réputé, nommé Kyrillopoulos, autrement dit "descendant du Seigneur" provient de Sparte. La grand'mère maternelle est Smyrniote. La mère, Laetitia, seize ans à la naissance, ange de beauté, de douceur et de dévouement, est le modèle type de la Méditerranéenne : gardienne du foyer. L'oncle maternel, Homère, poursuit sa vocation de dentiste. L'une des deux tantes maternelles, Denise, épousera Jean-Louis, très cultivé, excellent musicien, l'autre, Despina, épousera Edouard qui meurt d'une typhoïde sept semaines après leur mariage, a l'âge de vingt et un ans et Despina fait promesse de ne jamais se remarier, geste des plus belles tragédies grecques.

Naturellement, on vit en tribu, avec besognes harmonieusement distribuées. Homère a mission de gagner le maximum d'argent, Despina, tôt employée dans une banque, s'impose vite comme une redoutable femme d'affaires. Denise, la sportive du clan, maintient l'esprit olympique. Laetitia est l'abeille de la maison : à elle toute l'intendance. La grand-mère est l'annaliste : non seulement, avec une mémoire infaillible, elle peut citer des histoires de la tribu jusqu'à neuf ou dix générations, mais elle n'a pas son égale pour, au coin du feu, raconter les merveilles horribles et enchanteresses, des temps jadis. D'ailleurs, l'enfant ressentira jusqu'au plus profond de lui-même ces deux influences absolument déterminantes : d'une part, il aura été élevé dans l'âme des proscrits qui n'abdiquent pas une seule seconde l'amour nostalgique de la patrie perdue. D'autre part, il aura passé toute son enfance dans un cercle de famille dominé par les femmes. De fait, il aura eu à la maison quatre mamans.

Premiers songes : ils sont durs. C'est que la grand-mère, fille d'exilés à Smyrne, a connu les abominables persécutions dont les populations grecques furent victimes en Turquie lors de l'effondrement de l'ancien empire Ottoman. Pour elle, les années 1916 et 1917, qui marquent l'apogée des massacres, restera la date la plus terrifiante de toute l'humanité. Alors, elle ne se lassait pas d'essayer vainement de trouver des excuses mystiques aux persécuteurs. Certes, elle peut aussi évoquer des images moins accablantes : dans quelles conditions épiques Saint Grégoire l'Illuminateur y sema les messages du Christ, auxquels l'Arménie sera fidèle à jamais, même lorsque les Arabes, en particulier sous la dynastie des Bagratides, y firent briller, autour d'Ani comme capitale, surnommée la "Pompeï Caucasienne" une civilisation étincelante entre toutes. Pourquoi, au cinquième siècle, le bon saint Mesrop, chancelier du Divan, autrement dit Conseiller du roi arménien Verham Chapouh, créa l'alphabet arménien de trente-six lettres, sur modèle de l'alphabet grec, en vérité pour mieux fortifier l'âme arménienne ; et avec quelle vaillance les preux chevaliers arméniens se battirent aux côtés des Croisés pour la reconquête des Lieux Saints. Mais avant tout, le récit est martyrologue. De préférence, à longueur de soirée, la voix douce de la grand-maman ne déroule qu'un film de cauchemars, les Turcs disputant aux Perses, puis aux Russes, la possession de terres trop riches pour n'être pas disputées tous azimuths, les déceptions dues à l'ingratitude des Russes, la population massivement déportée par la volonté des Turcs, les massacres indescriptibles de 1916, la colonisation par les Soviets. On interrompt l'horreur que pour réciter les plus beaux chants des plus tendres poètes grecs. A l'évidence, l'âme de l'enfant, à pleine intensité, vibre avec de si infernales évocations : un certain pessimisme passe.

La guerre mondiale : elle ne se passe pas seulement en petits ennuis quotidiens, caractéristiques des villes occupées, soucis de chauffage ou de ravitaillement. Voici que l'oncle Homère, arrêté, ne sera libéré, in extremis, par les Russes, qu'en 1945. Voici également que Laetitia s'étant remariée avec un diplomate, Louis Pannier, qui, à la vérité, est un agent intrépide des services secrets français engagés dans la Résistance, celui-ci se fait à son tour arrêter. Par bonheur, il n'est pas surpris par les Allemands, mais par les Italiens, lesquels brûlent tous les dossiers de leurs prisonniers, au moment de la chute du fascisme et de la rupture du Maréchal Badoglio avec l'Allemagne nazie. Dès lors, au lieu d'être précipité dans un camp de la mort, il se retrouve dans un camp de prisonniers classiques, près du lac de Constance, en attendant que les Allemands instruisent mieux son procès personnel, il n'en connaît pas moins les affres du bannissement et de l'angoisse. L'enfant n'a pas moins d'affection pour cet oncle aventureux et téméraire que pour ce beau-père droit, direct et affectueux qui a su rapidement gagner sa confiance. Nouveaux tumultes qui jouent dans les profondeurs de l'âme.

Vocation : il naît peintre. Déjà tout bébé, il n'a pas plus de joie que lorsqu'on lui dessine des animaux. Enfant, dès ses cinq ou six ans, aussitôt que doté de sa première boîte de peinture, il peint sur tout ce qui lui tombe sous la main, papiers, cartons, vieilles toiles, mais aussi tables, rideaux, draps, édredons. Un beau jour, on a l'imprudence de lui abandonner une toile peinte et qui figure pour l'immortalité l'entrée d'un château. Le petit bonhomme n'a pas un instant d'hésitation, il prend son pinceau et bouleverse totalement l'œuvre sublime. Fatalement, une telle passion ne cessant pas de s'approfondir, cela ne va pas sans gêner le travail scolaire lui-même : orthographe et syntaxe s'en ressentent cruellement. De plus, l'enfant révèle vite un exceptionnel besoin de dominer tout son entourage. Voici sans doute ce qu'il en coûte d'être éduqué à peu près exclusivement par des femmes, on s'affirme rapidement comme un intraitable phallocrate. On n'a pas dix ans, que l'on se prend pour le vaillant Alexandre le Grand. On en vient à vouloir en découdre avec tous les misérables du monde entier, à commencer avec les copains les moins partageux de l'école primaire. Aussi fatalement, cela ne va pas sans force plaies et bosses. Autant penser une nouvelle fois à Michel-Ange : enfant, le Toscan ne cessait pas de se bagarrer avec ses camarades de classe. C'est une mauvaise querelle avec un garçon plus âgé et plus fort que lui qui lui valut, à seize ans, le coup de poing qui le défigura. "Appelons simplement cela de la plénitude", soupire philosophiquement tonton Jean-Louis, peut-être le premier à avoir reconnu le talent précoce du bonhomme. La réaction de la mère et des tantes est souvent moins philosophique.

Puis, il voyage.

A son retour d'Allemagne, Louis Pannier a été nommé Vice-Consul à Salonique, sans doute avec mission des services secrets de superviser un secteur du Proche-Orient singulièrement sensible. Dès 1948, Georges l'y rejoint. Il ne se contente pas de se mettre activement au travail au lycée de la ville qui dépend de l'Académie de Bordeaux, il prépare son premier baccalauréat avec un zèle qu'on ne lui connaissait pas ; au vrai, d'une part, il tient à tout prix à ne pas peiner davantage un beau-père qu'il admire, d'autre part, il se découvre une passion toute neuve pour la physique et les mathématiques. Ainsi franchit-il avec allégresse l'obstacle. Plus encore, il a révélation de l'univers grec. Ebloui, il entre en contact direct avec l'arc de Galère et les antiques églises byzantines qui font la splendeur de l'ancienne Thessalonique. Sur cet incomparable carrefour, au débouché du couloir de Vardar et sur l'une des grandes voies transversales balkaniques, entre Albanie et mer Egée, il est comme "ivre d'histoire" quand il met ses pas dans les pas des centurions de Rome ou des Janissaires de Byzance et peut dialoguer d'homme à homme, avec ces illustres fantômes échappés au passé, Boniface 1er, marquis de Montferrat, premier roi de Thessalonique, Geolfroi de Villehardouin, Théodore Ange Doukas Commène, l'infortuné Démétrios qui meurt à Pavie en laissant ses droits royaux à l'empereur Frédéric II. Il découvre l'Acropole, Delphes, Corinthe, le mont Athos. A l'âge idéal, il rêve au cœur du paysage sacré d'Olympie, que Pindare appelait :

Δέσποινα ἀληθείας

"maîtresse de la vérité". Il imagine les temps où n'avancent pas encore sévices chrétiens, tremblements de terre et inondations, tous massacreurs des splendeurs du paganisme, et où, au pied de la colline sacrée de Cronos, des foules de prieurs sans haine venaient contempler le temple du Dieu des Dieux, le Zeus chryséléphantin de Phidias et les somptueux chars que les grands Eginètes Onatas et Glaukias et l'Athénien Calamis avaient sculptés pour Gélon de Syracuse et son frère et successeur Hiéron, le héros bien-aimé de Pindare. Il caresse les oliviers dont les ancêtres fournissaient les rameaux voués à confectionner les couronnes des vainqueurs des Olympiades. Il se fait montrer l'emplacement de l'atelier de Phidias. Il croit entendre le Conseil du pythagoricien Damon qui enseignait à Périclès qu'on ne peut "changer les modes de musique" ("de culture" dirions-nous aujourd'hui) sans changer les lois suprêmes de l'état... Il s'extasie devant les "noirs" de Téléphanès de Sicyone et d'Audelien de Corinthe, les touches brique d'Elephantos de Corinthe, les merveilleuses femmes en blanc d'Eumarès d'Athènes, les chevaux de Néarchos, les *Kouroi* écarlates, les *Korès*, si intenses, d'un pourpre si profond qu'un vrai sang paraît couler sous les épidermes, et les dessins indiciblement purs d'Apelle, qui créa le noir d'ivoire en le calcinant et qui avait assez d'audace pour faire taire Alexandre Le Grand lui-même, lequel se mêlait de discourir sans compétence, sur la peinture et faisant trop rire à ses dépens les garçonnets de l'atelier chargés de broyer les couleurs. Il médite sur cette énigme : "Un homme qui n'est pas un homme voit sans voir un oiseau qui n'en est pas un, assis sur un morceau de bois qui n'en est pas un". Il faut simplement comprendre que c'est un eunuque - homme et non homme - qui entrevoit dans le crépuscule une chauve-souris perchée sur un roseau mouvant ; il lui jette sans effet une pierre ponce. L'eunuque, la pierre ponce et la chauve-souris désignent chez Platon les trois aspects du monde hybride de la *doxa*, monde intermédiaire entre l'être et le néant où l'homme privé de forme se rapporte à des objets inconsistants et ne peut les viser qu'avec des pierres ponces. C'est toute l'aversion de l'art grec pour l'amorphe qui se lit dans l'énigme, toute l'horreur sacrée qu'il éprouve devant tout ce qui n'est pas nettement perçu, touché, saisi et éprouvé. Notre adolescent apprend à jamais, la qualité divine de la ligne nette, impeccable, qui exclut toutes brumes. Il n'en est que davantage saisi quand, au Musée d'Athènes, on lui récite le chant célèbre de Sophocle dans l'*Antigone*, selon lequel :

Πολλά τά δεινά, οὐδέν ανθρώπου δεινότερον πέλει.

Car le chant ne signifie pas uniquement que "Nombreuses sont les merveilles, mais de toutes, la plus grande, c'est l'homme". Dans son souci de mettre l'accent sur tout ce qui exalte l'homme et affaiblit le destin, la traduction humaniste traditionnelle trahit l'ambiguïté fondamentale du terme *Deinos*. Au vrai, ce terme, si difficile à traduire, suggère ce qu'il y a de maléfique et d'admirable, d'épouvantable et d'imposant dans tout être qui dépasse la juste mesure par la puissance qu'il rassemble en lui. L'homme est une merveille de précision et de rigueur géométrique. Il n'en peut être que mieux une concentration de surpuissance au sens le plus nietzschéen du terme. Un tel être ne mérite pas d'ombre. Pas plus qu'un tel élan ne mérite de doute.

Son beau-père ayant été nommé Consul de France à Léopoldville, Yatridès se retrouve sans transition au Congo. En principe, il y est pour préparer, au lycée de Brazzaville, son second baccalauréat. De fait, essentiellement, il y rencontre l'art nègre et la négritude. Nouvel éblouissement. Nouvelles extases. Il peut passer des heures à contempler ces masques énigmatiques, qui tantôt expriment une humanité douloureusement sommeilleuse, tantôt une âme exquise, à nuances à l'infini. Il essaie d'approfondir ces sourires indicibles qui tiennent autant de la moue de fauve que de la rêverie la plus délicate. Il se fait initier aux symboliques et aux métaphysiques qui animent dans la vie quotidienne les esprits, les démons et les fétiches. Il apprend à dialoguer avec l'âme d'un iroko, à écouter, même comme si c'était silence, le "souffle vital" de l'ébénier ou du manguier. Il s'en va en brousse, au plus loin du fleuve, interroger le baobab, roi don quichottesque des épineux, pathétique squelette qui pourrait à lui seul, symboliser toute la détresse du monde et qui, pourtant, par sa sèche beauté, arrive à fixer on ne sait quelle suprême espérance candide. Il joue avec des "poids" collectionnés à poignées, ces petites pièces en métal utilisées depuis des temps immémoriaux, à peser l'or, qui figurent les images les plus diverses, animaux, armes, outils, dessins géométriques, et dont la plupart sont d'un charme saisissant. Il apprend mieux que nulle part, que la tortue n'est que la forme vivante de la persévérance, le serpent de la science secrète, l'éléphant de la fidélité, le calao (ou oiseau rhinocéros) de la complication, le caïman de la permanence, le lièvre de l'intelligence souple. A jamais, il prend respect pour les sorciers qui savent en appeler aux forces les plus mystérieuses, c'est-à-dire les plus vraies. Troublé jusqu'aux tréfonds de l'âme, il écoute à longueur de soirées les musiques et les mélopées lancinantes, qui évoquent elles aussi, d'autres puissants dialogues avec les mystères. On lui raconte et il se persuade pour toujours, que les chiffres et les nombres ont en soi, la plus haute signification comme la plus intense dynamique. Ce n'est certes pas hasard, si par exemple, avec le plus magique de tous, sept, l'on peut compter sept jours de la création, sept jours de la semaine, sept planètes, sept plaies de l'Egypte, sept sages de la Grèce, sept merveilles du monde, et si le monde noir lui-même a pu connaître le problème de Joseph, tenu d'interpréter son rêve des sept vaches grasses et des sept vaches maigres, ou la certitude selon laquelle l'Apocalypse compte sept églises, sept anges, sept sceaux et sept fléaux. Il y a même relation étroite entre les sept planètes et les sept métaux : soleil, or ; lune, argent ; Jupiter, étain ; Vénus, cuivre ; Saturne, plomb ; Mars, fer ; Mercure, mercure. Tout au fond du continent sous le soleil écrasant de l'Equateur, dans un prodigieux creuset, il voit bouillir ensemble mystiques grecques, récits bibliques, apports orthodoxes, messages de la République française, tout cela assaisonné avec les ingrédients les plus épicés et les plus parfumés des plus antiques croyances des tribus locales. Sans doute, cette envoûtante Afrique noire, n'a-t-elle su bâtir ni manoirs, ni cathédrales. Du reste, il y a trop de termites, avant même de s'achever, l'œuvre aurait été rongée. L'on n'aura pas connu de continent plus accablé de calamités naturelles ou d'envahisseurs. Toutefois, à travers les siècles, elle n'aura jamais cessé de préserver les fleurs les plus exquises, le "merveilleux" le plus fin. A la conclusion, Georges Yatridès se demandera dès lors toujours, s'il n'aura pas dû, pour la définition de sa sensibilité, davantage à cette Afrique, apparemment si naïve, en vérité si profonde, qu'à la prestigieuse Grèce elle-même. Certes, il n'accepte pas les normes de l'art nègre. Les œuvres de la négritude font trop référence à un cubisme que, déjà il abhorre pour trop de grimaces, et à un art abstrait dont, d'emblée, il récuse la tricherie fondamentale : faire semblant de faire du nouveau. Il est trop Grec lui-même, trop amoureux d'arts purs et de lignes impeccables, pour se prêter même un instant, la coquetterie d'étaler une superstition pour des statues gnomes ou des rictus de l'épouvante. Dans la mesure même où cet énorme tricheur qu'est Picasso s'est référé à l'art nègre pour lancer l'entreprise cubiste, il n'a au départ, même si adolescent, que suspicions ou préventions contre certains aspects de l'art noir africain. Mais il a aussi l'âme trop tourmentée, le caractère trop bouillonnant et éruptif, pour que la rencontre ne se limite qu'à une hostilité. Au-delà des grimaces ou du dessin maladroit, il sent d'instinct frémir une âme immense. Ainsi, loin de se laisser rebuter, en est-il extraordinairement marqué en profondeur.

Mais il tombe malade. Gravement. Il est tout près de passer son bac, quand il est atteint. Tuberculose froide - au poumon droit. Durant près de trois ans, d'opération en opération, de lit en lit, il ne sera plus que l'objet des médecins. Au Sana des étudiants, à Grenoble, il est confié aux docteurs Cohen et David. Au Sana du Rhône, il est opéré par le chirurgien Barnier. A Lyon, il est opéré par le professeur Santi. Ici, à Grange-Blanche, son lit voisine avec celui d'un jockey cancéreux qui, la nuit, se lève pour le masser doucement au-dessus de ses pansements et l'aider à maîtriser un peu des souffrances à peine supportables. Là, il doit subir une bronchoscopie chaque jour qui passe, car, par mimétisme, le poumon gauche s'est mis à la hauteur respiratoire du droit. Il est soigné à l'arsenic pour qu'il ait moins mal et pour empêcher la température de s'emballer. Il s'étouffe. Il délire. Plus tard, il doit supporter un double tuyau, l'un dans le poumon le plus blessé, l'autre au niveau de la neuvième vertèbre. Au printemps de l'année 1951, il paraît à toute extrêmité, on fait venir un prêtre à son chevet pour lui donner l'extrême onction. Il voit tout en songe. La fièvre atteint des niveaux insensés. Même s'il ne dialogue plus, il entend, comme dans le pire des cauchemars, tout ce qui se prononce autour de lui. Il se découvre curieusement à deux niveaux. Il se voit à la fois allongé à un mètre au-dessus du lit et le lit même, l'un regardant l'autre souffrir sans savoir au juste lequel. Il s'entend implorer Dieu sans que ses lèvres ne bougent. Il fait serment d'être au besoin ramasseur d'ordures, toute sa vie, pourvu que, cette fois, Dieu fasse grâce. Naturellement, il reste totalement étranger à tout ce qui se passe durant ces années-là à travers l'univers.

L'Empire britannique se brise, lambeau par lambeau. L'empire français craque : l'armée française soutient une guerre implacable au Viet-Nam qu'Harry Truman, vigoureux successeur de l'idéologue Franklin Roosevelt, a décidé de faire échec aux visées trop cyniquement impérialistes de Joseph Staline. La vieille Europe cherche désespérément les chemins de son unité. Christian Dior brille au firmament de la mode. Après avoir fait jouer *"Les Mains Sales"*, Jean-Paul Sartre donne *"Le diable et le Bon Dieu"*, tout en écrivant *"Saint-Genêt, comédien et martyr"*. La France découvre *"Le Zéro et l'Infini"* d'Arthur Koestler. Ernest Hemingway publie *"Par-delà la rivière et parmi les arbres"* (Across the river and into the trees), roman de l'amour d'un colonel américain de cinquante ans pour une jeune vénitienne de dix-neuf ans. William Faulkner offre son œuvre la plus curieuse, mi-roman, mi-pièce de théâtre, *"Requiem pour une Nonne"*. Henri Miller sort *"Plexus"*. Dos Passos - l'un des écrivains préférés du jeune artiste - écrit *"Manhattan"*. Arthur Miller prépare *"Les Sorcières de Salem"*. Le premier studio de musique électronique s'ouvre à Cologne, en la maison de la Radio Ouest-Allemande, où le jeune Stockhausen va bientôt travailler assidûment. Un Américain, John Cage, vient de réaliser des expériences sur "piano préparé" aux cordes assourdies par des éléments de verre, de bois, de caoutchouc et de métal produisant des agrégations de timbres sans fonction harmonique. Un Français, Pierre Schaeffer, lance puissamment la musique concrète. Olivier Messiaen fait triompher la musique sérielle avec son *"Mode de valeurs et d'intensités"*. La peinture traverse des heures démentielles. Dali, voluptueusement, joue à multiplier les délires. Picasso aussi, avec un somptueux cynisme. Les artistes ne savent plus quoi inventer pour scandaliser les bourgeois, faire la nique à Descartes, exploiter les benêts, attirer sur eux les phares de l'actualité, ou "plonger dans le désordre universel". Je suis contre l'art pour l'art, lance Marcel Gromaire. César, le sculpteur, né César Balvaccini, fils d'un tonnelier de Marseille, triomphe en sculptant avec les matériaux les plus divers, vieilles bielles, métaux de réparation, carrosseries de voitures endommagées, boulons, heurtoirs de portes : c'est faute de marbre que ce statuaire décavé trouva dans le tas de ferraille de Villetaneuse, la matière de ses premières Vénus et il y a trouvé finalement l'expression même de son génie. Il n'y a qu'une couleur, dit Yves Klein, et ce jeune homme expose des toiles peintes uniformément, d'une seule couleur : c'est Yves Le Monochrome, ladite couleur unique étant le bleu I.K.B. "International Klein Blue". Dieu merci, il nous reste encore Dufy, Matisse, Derain, Chagall, Utrillo, Rouault, Vieira da Silva, Vlaminck, Miro, que Gertrude Stein surnomme *"Mickey Mouse abstrait"*. Mais la fureur d'étonner est telle que même le surréalisme est dépassé. Dali se met à donner des montres molles, des oursins en chambre, des girafes en feu et l'ardente Gala sous le visage de la Vierge Marie. Henri Michaux ne veut plus travailler "qu'à coups de traits zigzaguants, à coups de fuites transversales, à coups de sillages en éclairs, à coups de je ne sais quoi...". Le principal n'est plus que de saisir "la perpétuelle métamorphose et la perpétuelle transsubstantiation". Jean Fautrier va rédiger un manifeste selon lequel "la peinture est une chose *qui doit se détruire*, pour se réinventer". Jean-Michel Atlan ne songe qu'à "chaotiser" la géométrie. Yaacov Agam expose l'abstrait de l'abstrait, des "peintures transformables", constituées avec des pièces en bois ou en fer que le spectateur peut à son gré déplacer sur un large réseau de trous. Nicolas Schöffer invente la sculpture mouvante, Soto des tableaux qui bougent en trompe l'œil, Hans Hartung le gribouillis génial...

Tout un univers ahurissant naît et le jeune malade n'a pas une seconde pour contempler le sensationnel événement.

Encore entre 1952 et 1953, il subit plusieurs opérations qui s'effectuent au danger même de sa vie et lui imposent de nouvelles semaines de martyre. Tout se passe comme s'il devait être condamné à la galère perpétuelle et l'épreuve est d'autant plus dure qu'il éprouve les plus grandes peines à respirer.

Il n'est sauvé que par hasard. Un jour qu'il divague de douleur, tante Despina qui le veille, désespérée, lui fait avaler des granulés homéopathiques, fournies par le Docteur Thouret, grand bienfaiteur entre tous. Folie, disent les médecins qui rabrouent vertement la téméraire. Il n'en est pas moins vrai que, dans les vingt-quatre heures, la fièvre tombe. Dans les quarante-huit heures, à l'ahurissement de tous les témoins, le malade se remet à respirer aisément. Fin 1953, il est totalement sur pied et absolument disponible pour peindre à plein temps et à pleins moyens. Il retourne sain et sauf du "voyage aux délires". Le voici même à point pour déjà solidement fixer sa personnalité et clairement faire le point sur le seuil de l'avenir enfin rayonnant qui ose s'annoncer. C'est que sa substance se constitue de cinq terres riches entre toutes.

La première est celle des contes de la grand-mère. Elle impose à l'imagination la présence des immenses malheurs. Elle affirme le sceau des grand peuples maudits, crucifiés dans l'histoire parce que voués à une géographie maudite, qui appelle les invasions, comme "le jardin la grêle". Les bourreaux ne s'effaceront plus.

La seconde est à l'opposé : le Dauphiné de toutes les harmonies, de toutes les concordes et de tous les bonheurs. Autant contempler le mariage du gai manoir et de la montagne sereine. De plus, face aux neiges éternelles sous la garde tutélaire de, comme dirait Péguy, tous ces monts bleus qui respirent, il y a admiré ce magnifique paysan dauphinois, robustement planté dans son sol, sage entre les sages, qui, non sans quelque humour, cajole en artiste amoureux ses cerisiers et ses noyers. On voit se dérouler quotidiennement le prodige de la permanence et de la certitude. Ce n'est pas peu important pour un artiste, qui doit avoir le poignet de l'artisan, de bien connaître au travail le poignet du laboureur.

La troisième est la Grèce. A Salonique et à Delphes, il n'y a point eu pour Yatridès qu'à retrouver le pays de son sang. Il ne peut pas exister terre plus lourde, un tremplin plus ferme, pour l'envol vers l'esprit. Ici, chaque poignée de glaise fixe une promesse pour les rêves les plus libres. Peu importe si, de siècle en siècle, la Grèce, en tant qu'Etat, s'est abîmée de misère en misère. Il reste que, la première, par Homère, elle imposa les pleins droits de l'homme. Autant contempler une révolution, c'est-à-dire une aube. C'est Homère qui aura libéré l'esclave des Dieux : tel est l'honneur inoubliable. Jusque-là, l'homme n'étant qu'un traqué, un accablé, un objet. L'Asie avait imaginé contre lui toutes les malédictions et n'avait su supplier que des dieux monstres. La désespérance imprégnait tout et c'est pourquoi le rite de la purification était devenu inévitable ou c'est pourquoi la magie, unique recours pour détourner la colère divine et écarter les mauvais génies, était devenue l'essence même de la religion. Le prêtre se retrouvait sorcier par pessimisme. Homère est bien le premier à chanter la pleine audace de l'homme. L'Olympe se peuple de dieux qui ne sont plus inaccessibles, ont des défauts, des faiblesses, des déceptions, des tics comme de simples mortels. Ils peuvent même être des cocus ou des traîtres. Et Homère d'inventer, en vrai chef d'œuvre, ce personnage prodigieux d'Ulysse qui, aux côtés d'Achille, jamais las d'épuiser ses énergies, d'Agamemnon, livré à l'ivresse du pouvoir, de Ménelas, voué aux plus désolantes velléités des faibles, d'Ajax, portrait du courage aveugle, et de Thersite, symbole de toutes les impatiences d'une populace effrénée, figure la plénitude de l'homme maître de lui-même. Comment le jeune artiste ne resterait-il pas formidablement marqué d'avoir respiré l'air même de cet inoubliable miracle ?

Le quatrième est l'Afrique la plus noire. C'est qu'elle n'est point seulement, elle aussi, une patrie à esclaves, avec tout un interminable cortège de grands douloureux. Elle est aussi le continent de la sorcellerie et il n'y a pas d'art possible pour quiconque ne sait pas se mettre à l'écoute des forces les plus magiques de la création. La Grèce met le jeune homme en révélation de l'Homme ; l'Afrique lui enseigne les inévitables mystères. Il lui devra cette part d'officiant qui est en lui, à l'autel des secrets sauvages.

La cinquième terre est la maladie. Il y apprend le tourment, la fièvre et un certain accablement, à base de fatalisme. Bien sûr, il en réchappe avec une excellente constitution, sauf quelque faiblesse du système lymphatique. Il n'en a pas moins entendu la condamnation sans appel. Il s'est aperçu infiniment faible et dérisoire sous la loi de Dieu. Il garde à la bouche cette cendre qu'y laisse à tout coup le sentiment de l'arbitraire. Il a été l'objet et jouet du maître inconnu dont dépendent tous les hasards. Il a traversé un désert où le sable était de la braise et où le soleil riait en l'ébouillantant. Il a vérifié à jamais, dans sa chair, le mot de cet ami selon lequel "pour penser comme un homme, il faut avoir souffert comme un chien". Pantelant et suffocant, il s'est traîné comme une loque pour implorer le pardon de l'Injuste. Il en reste pour longtemps frémissant.

Il ne pouvait pas rêver de plus de titres pour mériter le droit à l'art. Dès lors, il va à sa quête, tel le chevalier après cinq épreuves d'adoubement.

Au fond, pour mériter la contemplation du Saint Graal, il fallait avoir entendu l'aide, mangé des cerises d'un jardin de rêve, dialogué avec Phidias, écouté le tam-tam et affronté les bistouris de praticiens implacables. Voilà, c'est fait. La cuirasse n'en sera que parfaite, pour la suite.

Non qu'a vingt-deux ans, il n'ait déjà peint. Voyages et maladie lui ont laissé de-ci de-là quelque répit. Dans l'intervalle des plus fortes crises, durant les saisons de convalescence à Saint-Hilaire-du-Touvet, il n'a pas manqué d'approfondir sa vocation la plus profonde. A peine le mal lui laissait-il quelque lucidité ou la moindre force, il prenait un pinceau.

Dès ses seize ans, avant même de s'embarquer pour le Pirée, il donnait à pleines flammes telle "Colline provençale" et telles "Promeneuses des environs d'Aix-en-Provence", où, pourtant encore enfant, d'entrée de jeu, il happait la manière des plus passionnés. Il y avait des coups de pouce à la Van Gogh dans cette colline qui n'en était pas une, son ciel écaillé, ses oliviers embrasés comme des fleurs par le mistral, ses torrents de lave fauve. Ces promeneuses n'étaient pas différentes des cyprès les accompagnant vers un ciel aux flamboiements féeriques et on ne pouvait manquer de voir s'y annoncer l'âme à la fois âpre et tendre d'un nouveau Gauguin, avec le même refus des sciences trop exactes, la même vénération

"Colline provençale". 1949
Huile sur toile
Collection privée - France

"Les Promeneuses des environs d'Aix-en-Provence". 19
Huile sur toile
Collection privée - France

pour le dieu des forêts qui ne veut pas répondre à ces deux interrogations que nous prononçons de toute notre angoisse : *qui sommes-nous ? Et où allons-nous ?* Ce fut sa première époque, gauguiniste. Et ardemment, "Un double tableau", avec sa première œuvre *("L'entrée du château")*, de nous offrir ce "Sous-Bois" où les fûts d'arbre évoquaient des jambes de vahinés, où les flaques d'herbes ressuscitaient les ors et les pastels de Bora-Bora où, à travers les fouillis épais et marron des feuillages voraces, l'œil d'un nostalgique inventait d'incroyables carrés d'azur. On pouvait retrouver dans l'œuvre adolescente la leçon d'Emile Bernard à Gauguin ou celle de Gauguin à Sérusier. Il n'y a jamais un seul élève. D'instinct ou par pure adoration, Yatridès, même avec la maladresse du débutant, recréait les larges aplats de couleurs vives qui, sous le conseil d'Emile Bernard, marquèrent la fameuse *"Vision après le Sermon"*. Au fond, essentiellement, Gauguin ambitionna de demander à la peinture d'exprimer non seulement des sensations, mais des sentiments, de réconcilier le matériel et le spirituel, c'est-à-dire de lier intimement le fond et la forme de l'expression. Comme Van Gogh aura parlé d'exprimer "les terribles passions humaines" par le rouge et le vert - ô blés jaunes ! ô tournesols d'or ! - Gauguin aura créé un langage des couleurs. Le premier, il aura véritablement récusé le théorème de Descartes selon lequel "la couleur est accident, la forme vérité". Plus encore, Gauguin aura voulu et pris "le droit de tout oser". C'est avec une fureur sacrée d'anthropophage qu'il aura condamné ceux qui, comme Monet, "ne voient que la matière, avec un œil sans cerveau" et qui "cherchent autour de l'œil et non au centre mystérieux de la pensée". Peignant *"Arcarca"*, dès 1892, il disait : "Un tableau doit faire penser comme la musique fait penser, sans le secours des idées ou des images, simplement par les affinités mystérieuses qui sont entre nos cerveaux et tels arrangements de couleurs et de lignes". A l'évidence, le peintre de Tahiti, virtuose de la couleur magique, aura été le premier grand à éblouir le jeune Grec.

Deuxième période : il ne s'en précipitait que plus sauvagement, la première à peine savourée, dans les fureurs fauvistes et soutiniennes. Ce fut sur les trois années 1946-1947-1948, juste avant de quitter le Dauphiné pour l'Afrique. Certes, comme à l'école de Véronèse, les couleurs étaient strictement réparties en taches composantes. La manière, au niveau de la technique, pouvait même être sage. Dans un sens, le pinceau opérait selon un devoir. Mais, là aussi, jusque dans cette discipline, jouait l'âme la plus brûlante. Alors, tant pis pour la sagesse des techniques d'exécution. Tout flambait. Tout rugissait. Le fauvisme n'est-il pas d'abord exaspération de l'impressionnisme ? Cela nous donnait "Paysannes de volos", avec un ciel comme un gouffre d'océan, des cyprès semblant jaillir d'un volcan, noirs comme fumées, incendiés d'éclats rouges, des chemins en forme de fleuves forcenés et quatre filles, faussement calmes, cachant assurément au cœur les mêmes violences éruptives. Cela nous procurait plus encore cette extraordinaire toile intitulée "Un vrai nouveau paysage",

"Sous-bois (le double tableau)". 1945
Huile sur toile 46x38 cm (8 F)
Collection particulière - France

"Les paysannes de Volos". 1947
Huile sur toile
Collection privée - France

"Un vrai Nouveau Paysage". 1947
Huile sur toile
Collection privée - France

1947, qui figure un hallucinant ballet d'algues, sur un sol de mousses et sous un ciel d'un bleu atroce, labouré de bras de pieuvres. Nous offrait-on, dès l'année suivante, "LA CHAISE ET LE BOUQUET"? Toute la pièce se changeait en chaos. Le vase se tordait comme un diable noir sur fond de nappe livide agitée par on ne savait quelle tempête. Les roses - fallait-il parler de roses ? - se battaient entre elles. On se demandait ce que venait faire, elle aussi mal équilibrée, cette chaise en faux luxe, rageuse d'avoir à supporter d'abominables taches vertes et rosacées, jetées là comme crachats par un artisan sans goût pour une bourgeoise à tout accepter. C'était la saison de déchaînement où l'on imaginait, avec un rire de Gargantua, tel "SALON EN RUT", où le fauteuil écarlate, ramassé comme un mâle en viol, menace la chaise toute rubiconde d'émotion, et où tout s'enflamme des appétits les plus secrets, le plancher, le tapis, les murs, même les miroirs, cessant d'être glacés pour mieux reproduire les gymnastiques voluptueuses des choses. "L'ALLEE", symphonie en sombre, mais qui préfigure déjà le trait, et le "JEU DE CARTES", symphonie en clair, s'inscrivaient dans une identique ronde folle, le plus ahurissant étant toutefois qu'un tel talent, si assuré de soi, si maître de ses vouloirs, pût s'affirmer à un tel stade de jeunesse. D'ailleurs, plus tard, bien des observateurs regretteront que Yatridès adulte n'ait pas préservé ce terrible style violenteur.

Troisième période : 1949-1953, en gros les temps de la maladie. Yatridès abandonnait progressivement les éclats fauves pour prendre une autre conscience, jusqu'à une peinture fortement structurée et graphique. Aura-t-il médité sur la touche carrée et en escalier de Cézanne, de la sorte vrai précurseur du cubisme ? Aura-t-il été frappé par le mot du maître d'Aix, rêvant de "marier des courbes de femmes à des épaules de collines ?" Aura-t-il étudié pourquoi et comment les impressionnistes se jetèrent finalement dans l'informel et les cubistes prirent le parti du formel ? Se sera-t-il à jamais convaincu que la forme fait partie incorporée du fond ? Mystère. De plus, dans l'appartement familial du Cours de la Libération, ou surtout au Musée à Grenoble, il discutait à longueur d'heures avec un ami de son beau-père, Jean Leymarie, alors conservateur dudit musée, qui affirmait "C'est un coloriste dans la lignée des Soutine", et qui l'aidait, en éminent spécialiste, à comprendre qu'il allait aboutir au-delà du fauvisme. Au Sanatorium, il conversait interminablement avec l'homme appelé à être son meilleur ami, Sacha Bourmeyster, l'un des tout premiers à reconnaître en lui un homme de génie, et avec qui il ne se lassait pas de parler des peintures de l'avenir, ou de leurs peintres préférés, Van Eyck, Bosch, Breughel, Véronèse. Qui sait ? Dans son lit, au plus pathétique de ses cauchemars, peut-être aussi aura-t-il secrètement dialogué avec ces conseillers invisibles qui veillent avec une suprême lucidité sur les subconscients les plus suppliciés. On peut se laisser imaginer que lui, à son tour, aura parlé sans phrases avec ses fées ou ses fétiches, on ne sait quel Phidias ou quel artiste nègre retourné du fond des temps. Ce fut la vraie période de gestation, où tout enfin se définissait, lentement, laborieu-

"La Chaise et le Bouquet". 1948
Huile sur toile 73x54 cm (20 P)
Collection particulière - France

The Salon in Heat (Le Salon en rut)

Dans le SALON EN RUT (1948), peinture d'"apparence fauve " par son identité technique, deux tableaux abstraits apparaissent aux murs de ce salon lui-même peint.

L'étude sémiotique démontre aisement que **l' Art abstrait** ainsi représenté est incontestablement assujetti à l'image"Fauve" elle même dominée par la réalisation de l'ensemble pictural, c'est à dire la peinture unique sur une surface délimitée : LE SALON EN RUT, synthèse de deux conceptions inconciliables, cependant totalement maîtrisée.

Lorsque YATRIDES, dans sa première **tabula rasa**, laisse **l'Art abstrait** c'est qu'il en a soustrait la définition même (Abstraction : Sans référent dans le monde connu).

"Le Salon en rut". 1948
Huile sur toile 81x65 cm (25 F)
Collection particulière - France

"L'Allée". 1948
Huile sur toile
Collection privée - France

"Le Jeu de Cartes". 1948
Huile sur toile 65x50 cm (15 P)
Collection particulière - France

sement, voire cruellement. Après les temps de brassage, venaient les heures des grands choix. Sur de tels carrefours, la moindre caresse d'image ou de pensée peut jouer un rôle déterminant. Rien n'interdit de nous dire que, soudain, l'illumination de la vérité a pu venir des quelques secondes d'admiration prêtées à tel *"Triptyque de la Vierge"* de Jan Van Eyck, virtuose de la lumière, ou à telle *"Vision de Sainte Hélène"*, merveilleusement alanguie, en sa robe fastueuse, du plus grand maître vénitien. Une simple feuille morte qui tombe, au doux soleil d'automne, peut à elle seule commander tout l'inattendu. A plus forte raison l'image étincelante d'un génie dieu. Et le grandiose Pierre Bruegel le Vieux, peignant vers 1550 *"Les Mendiants"* ou *"Les Aveugles"* - que cherchent-ils au ciel, tous ces aveugles? demandera Baudelaire - ne se campait-il pas fondamentalement au seuil d'une société nouvelle qui allait prendre conscience de la dimension planétaire, infirmités et cataclysmes symbolisant le suprême sabbat des civilisations condamnées? Jérôme Bosch, lui aussi, dans son univers de soufre et de ténèbres, aura essentiellement dénoncé une civilisation qui ne mérite plus d'être. A plus forte raison le jeune malade, sur un seuil identique des civilisations à pleurer, quatre cents ans après 1550, pouvait-il s'interroger et se chercher avec d'identiques indécisions ou tortures. Il n'y manquait pas. Ainsi, dans cette troisième phase, continuait-il encore parfois à s'exacerber, sur mode fauve. Des rugissements persévéraient jusque dans les tableaux les plus volontairement géométriques, tels en 1949 "L'ALAMBIC" et même "LE PRINTEMPS DES PLANETES" qui brassait avec une furieuse impatience, parmi toutes les couleurs, toutes les figures, cercles, triangles, carrés, rectangles, trapèzes. La motivation la plus réelle y provenait d'une fureur de vivre : alors, on secouait tout, même l'insaisissable. Néanmoins, très nettement, de nouvelles perspectives s'ouvraient. A étudier les principales œuvres de ces quatre années 1949-1953 - "LE SPECTACLE DE LA LIBERTE" ; "ETUDE POUR PEINTURE" ; "PORTRAIT" ; "L'OISEAU DE FEU" ; "STRUCTURES ESSENTIELLES". On vient vite à l'évidence que naissait un nouveau Yatridès. Curieusement, cette fois, on était aux limites de l'abstrait, sauf que chaque toile était fortement structurée et géométrisée. Tantôt, l'on peut y imaginer des sortes de moteurs, matière Fernand Léger, boulons, tuyaux, leviers, ressorts : "L'ALAMBIC" évoquerait presque une Renault 1900 ; les "STRUCTURES ESSENTIELLES" pourraient s'intituler "LES PIECES DETACHEES", avec leur assemblage incohérent de clous épars, de roues rugueuses, de clefs anglaises et de caissons rouillés. Tantôt, l'on ne songe qu'à pur exercice d'esprit : "LE SPECTACLE DE LA LIBERTE" devenait un soleil, couchant ou levant, sur la ligne épaisse de l'horizon bleu marine : une colombe verte, au hasard d'un nuage ou d'une migration, filait sur toute la largeur du tableau, à fond pâle, sous une longue tache mauve qui pouvait figurer une brume nostalgique ou un indéfinissable rapace trop rapide ; des sables ocres, en dunes anarchiques, cherchaient la fraîcheur d'un océan pâle. Tout se passait comme si l'artiste avait cassé son rythme pour mieux se rechercher plus tard. Il se condam-

"L'Alambic". 1949
Huile sur toile
Collection privée - Angleterre

"Le Printemps des Planètes". 1949
Huile sur toile
Collection privée - R.F.A.

1948

"Le Spectacle de la Liberté" (L'Opéra). 1950
Huile sur toile
Collection privée - R.F.A.

"Portrait". 1952
Huile sur toile
Collection privée - Suisse

"L'Oiseau de feu". 1950
Huile sur toile
Collection privée - Suisse

"Structures essentielles".I950
Huile sur toile
Collection privée - Angleterre

Yatrides
69

nait volontairement à une autre discipline. L'on sait que la plupart des jeux de l'homme se constituent de balles et cannes, autrement dit de "ronds" et de "droites" : le billard, le criquet, le golf, le base-ball, le hockey, le tennis lui-même. A son tour, sans doute écœuré par trop de lit, il ramassait des billes et maniait des clubs. "L'OISEAU DE FEU" devenait de la sorte une étrange confrontation entre une grosse balle orangée et une petite bille cerclée de deuil, impatiente d'échapper à un long bec gourmand de l'oiseau mécano. Simplement, dans la manière de toujours, la féerie des couleurs se poursuivait. Elles restaient aussi belles, aussi pures, avec de l'une à l'autre, les correspondances et les dialogues les plus secrètement harmonisés. Ainsi, "LE PRINTEMPS DES PLANETES", en 1949, parmi tout un entrecroisement de droites et de courbes noires, en fusain le plus dru, révélait-il dans son désordre joyeux d'indicibles nuances exquises, ici un mauve réveillé de caresses pourpres, là un orangé incertain, hésitant entre la nostalgie de l'or et celle de l'écorce, là un bleu mal libéré de l'ébène, qui n'étaient pas moins de main sorcière que "LE PORTRAIT", en 1952, qui, avec d'identiques mariages de gris et d'ocre, de bleu et de rouille, de beige et d'or, annonçait cependant une vocation plus figurative, mieux ordonnée, même plus sagement symbolique des regards à ne pas perdre.

La maladie n'avait donc pas fait perdre à l'artiste tout son temps.

Il n'avait que près de vingt-deux ans et il affirmait déjà un caractère fortement original.

En 1954, les visiteurs de sa première exposition, à Vichy, à la Galerie du Parc, ne s'y trompent pas, qui achètent les premières toiles, ni les amis de tante Despina, laquelle achète toiles sur toiles de son neveu pour l'aider à survivre et en tapisser, momentanément, pour mieux les faire admirer, tous les murs de son appartement et de sa maison des Issambres.

Mais c'est dès maintenant, 1954-1955, qu'il va affirmer sa plénitude.

D'une part, il se marie. Il épouse une très belle jeune femme, Florence Pozzo di Borgo. Elle est d'une beauté qui aurait pu la faire poser pour Véronèse. Le visage est d'un ovale parfait. Les cheveux ont le blond des blés. Les yeux sont verts, aussi poétiquement embrumés que ceux de Michèle Morgan. Elle n'est point qu'admirable amante. Elle entre à fond dans la vie et l'âme de son Grec. Elle le pousse inlassablement à travailler, à renouveler son style, à approfondir ses techniques, à varier sa pâte. Elle le soutient avec une passion invincible dans les périodes de découragement. Peut-être n'aura-t-il jamais de sa vie autant besogné que durant cette époque-là : palette sur le bras gauche, il peint debout, de l'aube au crépuscule. Afin qu'il ne perde pas trop de temps, aux heures des repas, elle se présente avec de la nourriture et lui donne la becquée.

D'autre part, il fait la connaissance d'Armand Drouant. C'est du reste par l'entremise de Florence, qui prend rendez-vous avec l'illustre marchand de tableaux dans sa propriété de Villefranche-sur-Mer. Aucune identité avec le pittoresque Ambroise Vollard, à qui il a succédé. Avec Vollard, à la Belle Epoque comme aux Années Folles vous n'aperceviez qu'un insignifiant et long bonhomme maigre avec une petite barbe un peu risible ; la Gabrielle de Renoir lui trouvait l'air d'un marchand de tapis ou d'un "camp volant", c'est-à-dire d'un bohémien ; Degas ne l'appelait que "le métèque" ; il avait toujours l'air de dormir, les yeux mi-clos ; il ne souriait jamais ; il recevait avec des grognements, comme un animal dérangé dans son sommeil ; même pour aller quérir un Manet demandé par Rockfeller, il traînait la patte ; rue Laffitte, sa boutique était un véritable capharnaüm, mal balayée, encombrée de toutes sortes de tableaux ou de chiffons ; vous vous demandiez comment un tel "cafard de Saint-Denis de la Réunion", comme le désignait encore Degas, avait osé s'installer dans une rue aussi distinguée, près des plus élégants marchands de Paris. Vous n'auriez jamais imaginé que "l'araignée", comme le dénommait Cézanne, accumulait trésors sur trésors, Vuillard, Bonnard, Roussel, Maurice Denis, Monet, Redon, Lautrec... En style, Armand Drouant est aussi raffiné et sûr de soi que Vollard pouvait être minable et humble, recroquevillé sur lui-même. Haut, puissant, épaules larges, impeccablement vêtu, il fixe un grand monsieur. Dès le premier regard, les témoins peuvent deviner un personnage d'envergure. Il manie avec assurance l'humour le plus fin et le plus gentil. La passion, on ne la perçoit, dans le cadre du visage imperturbable, que dans la mer qui s'agite au fond des yeux. Il fait plutôt homme d'affaires heureux. Pour juger des talents et des génies, ce cossu n'en possède pas moins le regard le plus juste et la divination la plus prompte. Ainsi aura-t-il su faire connaître supérieurement le Goerg première époque et le Bernard Buffet de sa toute première facture. Précisément, du premier coup d'œil, Drouant ne se trompe pas sur l'art du jeune miraculé. "Vous êtes né artiste", dit-il. Il ne veut pas en rester à son premier réflexe qui a été de conseiller : "Faites autre chose ; ce métier est trop dur ; soyez sage de m'écouter ; ne poursuivez pas ; vous éviterez beaucoup de peine à votre femme..." Allez donc, qui que vous soyez, allez décourager un Modigliani ou un Utrillo de peindre. Au plus vite, il rectifie le tir dans une lettre : "Vous avez des dons", ajoute-t-il. "Vous pouvez aller très haut... Je n'en doute pas, n'en doutez pas, vous ne pouvez que réussir dans cette carrière... Vous êtes né artiste, Yatridès..."

Par ailleurs, au moins par deux toiles, à ces instants,"La miche de pain" et "Portrait bleu", le jeune artiste prend totalement conscience de son trait et de sa véritable destinée : organisateur de lumière. "La miche" apparaît sur deux fonds, l'un et l'autre très sombres, toutefois séparés par une frontière précise, qui délimite deux rectangles égaux à l'intérieur du rectangle total où le tableau se compose. Un mur d'un marron qui tire beaucoup sur le noir

"La Miche de Pain". 1954
Huile sur toile 92x73 cm (30 F)
Collection particulière - France

"Portrait Bleu" (La petite juive muette). 1954
Huile sur toile 65x54 cm (15 F)
Collection particulière - France

s'impose à la verticale sur un tapis d'un bleu très dense qui, curieusement, donne l'horizontale. Une carafe en grès, couleur de bougie, illumine l'ensemble où, dans la pénombre, vous distinguez un verre mi-rempli d'un vin qui doit être d'un bel aramon. Alors, vous ne voyez plus que la miche, dans l'angle droit. Toute paysanne en sa robe de bure, mi-couleur de cep, mi-couleur d'abricot, appétissante à souhait, elle en arrive à éclipser le carafon, même si elle n'a pas les mêmes reflets provocants. Tout le "TRAIT" de Yatridès est déjà là, ainsi que tout le dialogue de lumières qu'il ne cessera plus d'animer. Comme il est donc beau et émouvant, ce chemin par le naturalisme !...

"LE PORTRAIT BLEU" est quasiment indicible. D'une épaisse nuit, sans doute sous foulard aussi noir, qui cache les cheveux, imaginez jaillissant soudain un visage de jeune fille, un visage tout bleu, d'un bleu de mer un jour d'orage. C'est encore le brun noir qui a servi pour les sourcils, les yeux et la bouche, toute arrondie. Tantôt vous croyez rencontrer une pathétique hébétée, qui doit avoir l'âme vide. Tantôt vous vous dites qu'il s'agit d'une jeune nonne, aux sentiments les plus simples. Puis, à force d'attention, vous découvrez toute la magie du sujet : oui, ou bien cette enfant est toute recueillie sur on ne sait quelle faute, la bouche dessine des baisers interdits, le regard s'étonne d'une intense perplexité, la naïveté se fait surprendre dans ce qu'elle a de plus fragile ; ou bien ce visage infiniment pur, aux longues lignes gourmandes, superbe et délicat visage vénitien, révèle au vrai une rare sensualité de chatte qui s'ignore. Non, cet ange n'est pas pur. Vous en restez tout saisi. Vous voulez à la fois aimer et consoler, tout en vous irritant de ne pas savoir deviner dans l'abîme bleu le plus dur diamant de la vérité. Non seulement, là aussi, vous avez le fameux "trait", tout net, tout pur, tout nu, d'autant plus évident qu'il joue sur deux couleurs infiniment sombres, mais vous retrouvez à nouveau l'art virtuose des placements et des illuminations de masses. Vous en recevez l'impression que ce visage, qui se sera en vain voulu rigide, est frémissant de vie et que cette nuit est chaude. C'est de l'art de l'art.

"D'où venons-nous ? Que sommes-nous ? Où allons-nous ?" Tel est le titre du tableau fondamental de Gauguin : une forêt des premiers matins du monde, placée sous la protection du dieu Taaroa, créateur de l'univers. L'excuse - archéologique - est, avec ce décor rassurant, de faire oublier son contraire : l'esprit décadent des nouvelles humanités ; les vertiges de ce que l'on appelle faussement la "civilisation" ; l'envahissement des humains par les machines ; le renoncement aux mystiques primitives. Rejoignant les rivages de Tahiti, Gauguin ne tournait pas seulement le dos au sol de l'Europe, c'est-à-dire à de l'espace : il fuyait aussi du temps ; il s'échappait du XXe siècle pour retrouver les libres aurores perdues. Ce pari, dans l'esprit, Yatridès le garde sien : lui aussi oppose les Alpes et la ville, les monts qui respirent et les maisons qui suffoquent, le cœur des hommes qui savent vivre près des

chevreuils libres, amis de ces chevreuils, et le morne penser mécanique de ceux qui doivent exister au compte-goutte de l'emploi du temps. Simplement, quand il est las de Grenoble, il fuit vers Villard-de-Lans ou vers Les Deux Alpes. Mais, plus il entre dans la nostalgie de Gauguin, plus il récuse sa technique. Surtout, pour autant, lui ne nie pas son temps. Si écrasant soit-il, si peuplé de boulons, de tubulures et d'écrous, ce siècle peut garder ses splendeurs. Fernand Léger, robuste Normand en salopette bleue, épaules de métal, yeux phares, mufle carré comme un moteur de Rolls-Royce, travaillant dans son atelier comme dans un garage, parmi tout un décor de cylindres et de turbines, peignant de toute son allégresse son *"Mécanicien"* à coups joyeux de rouages et d'engrenage, disait : "Une peinture ou une littérature qui n'est pas le reflet de son époque n'est pas saine... Pour faire écho aujourd'hui à ce qui se passe dans le monde, en Asie, sur les Océans ou dans les airs, il faut une peinture violente, intense, en état de guerre, et non des bricolages de rubans ou des flirts de hannetons". Yatridès pense davantage avec Léger qu'avec Gauguin. Lui aussi prend résolution de vivre dans son temps, pour son temps, de toute son intensité parmi ses seuls contemporains, assumant lui-même un rôle de sorcier plutôt que de s'adresser aux sorciers d'au-delà les millénaires. Ainsi, non seulement il refuse de déserter comme Gauguin, mais il récuse son coup de poignet. "LES TROIS FEMMES", de 1955, avec leurs masques de Tahitiennes, portent le suprême adieu au Maître de Tahiti. Tout le grand Yatridès, avec ses lumières, son trait de stylet, il est déjà tout entier, totalement personnifié, dans ces œuvres qui suivent dans la même décennie, "LE NU AU LIVRE", "LE CHAT", "COMPOSITION", "LA CHARRETTE", "LA LANTERNE", "LE PREDATEUR", "LA JEUNE FEMME A L'ENFANT"... C'est ce qu'il appellera la période du "graphisme fondamental". Il le dit lui-même : "A l'opposé du cerne, le trait est creusé dans la matière, profond jusqu'à la surface de la toile, ce support qui détient les commencements de l'œuvre". En quelque sorte, la liaison est totale entre l'œuvre terminée et ses prémices ; le graphisme devient absolu ; on se contente de quelques couleurs essentielles ; "la lumière indépendante les sature".

Par malheur, cela ne va pas sans obstacles.

En novembre 1955, il "monte" à Paris avec dix-sept toiles, qu'il compte exposer à la Galerie Drouant-David. Il s'agit d'œuvres qui sont toutes de sa nouvelle écriture. Elles devraient, selon son sentiment, correspondre à ce que peut attendre Drouant, compte tenu de leur conversation à Villefranche.

Le malheur, justement, est que Drouant n'est pas au rendez-vous et que c'est David qui reçoit le jeune artiste. Or, David, tout petit bonhomme très vif, finesse native, distinction rare, n'est pas moins dur que raffiné. Il est catégorique, quasiment abrupt dans ses appréciations comme dans ses volontés. Autant l'harmonie s'établit aussitôt, un an auparavant,

"Les Trois Femmes". 1955
Huile sur toile 73x54 cm (20 P)
Collection particulière - U.S.A.

"Le Nu au Livre". 1959
Huile sur toile 100x65 cm (40 M)
Collection particulière - U.S.A

"Le Chat". 1958
Huile sur toile 73x54 cm (20 P)
Collèction particulière - U.S.A.

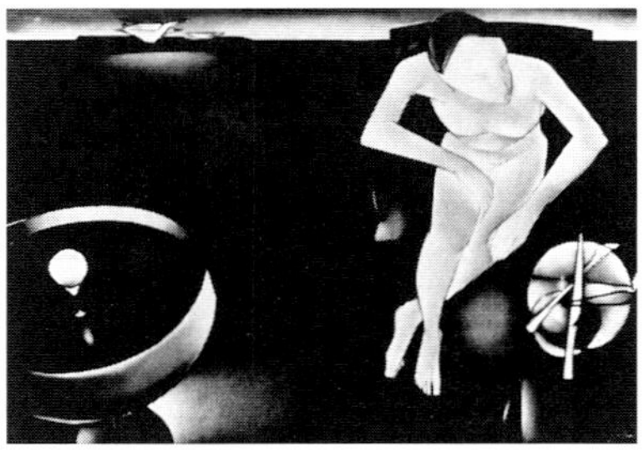

"Composition". 1957
Huile sur toile 116x81 cm (50 P)
Collection particulière - U.S.A.

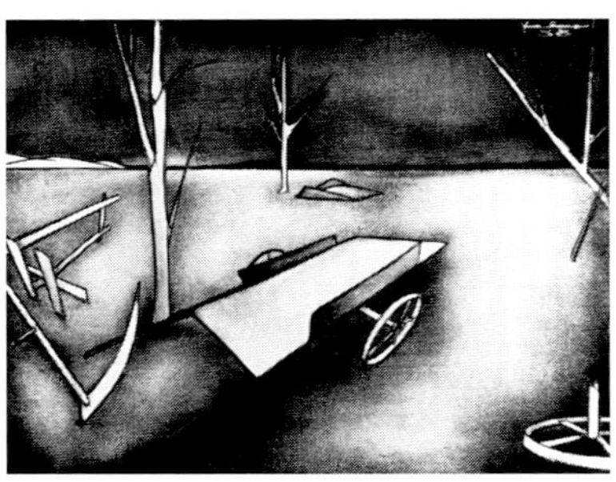

"La Charette". 1958
Huile sur toile 73x54 cm (20 P)
Collection particulière - U.S.A.

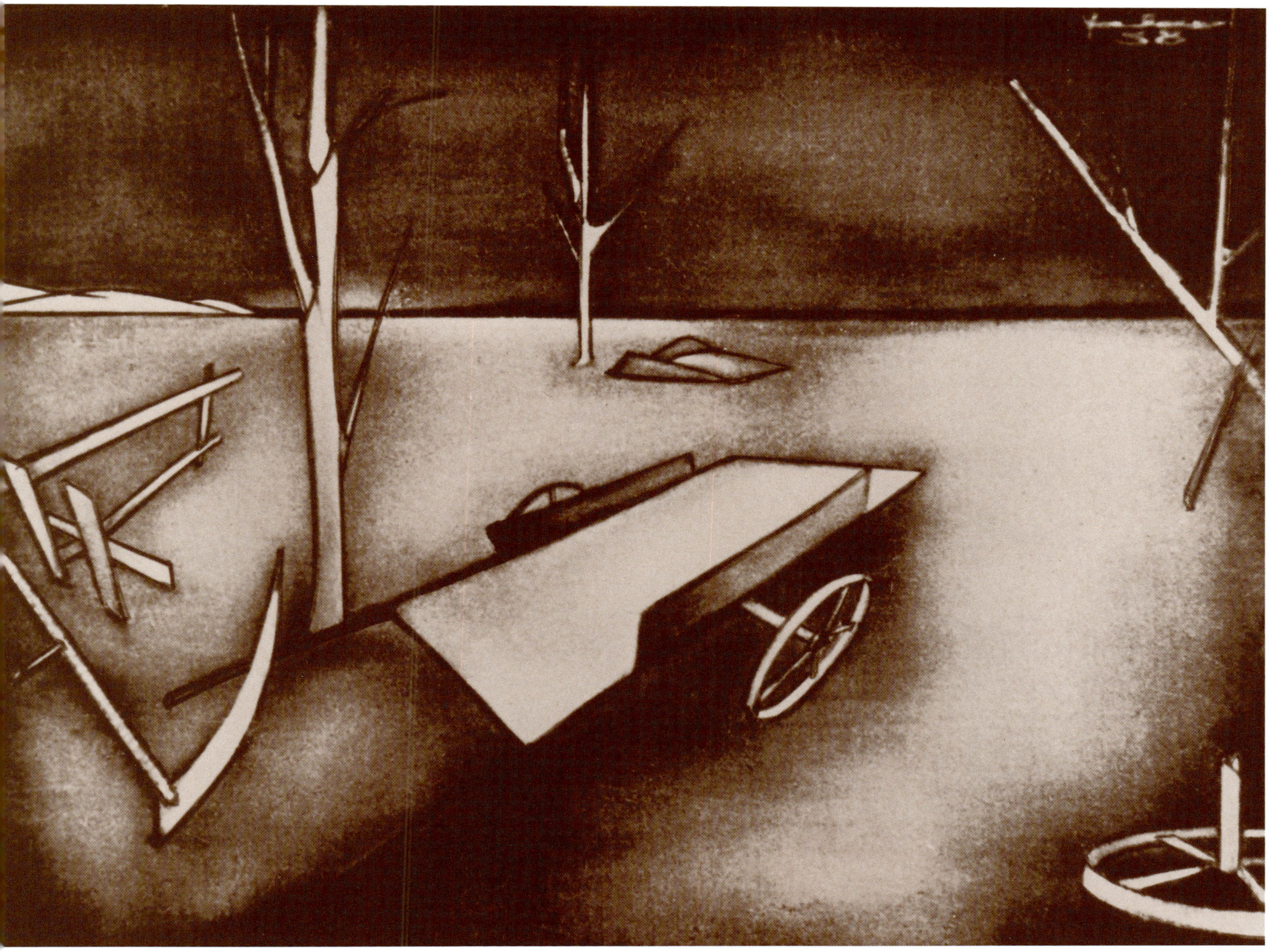

"La Lanterne". 1958
Huile sur toile 73x60 cm (20 F)
Collection particulière - U.S.A.

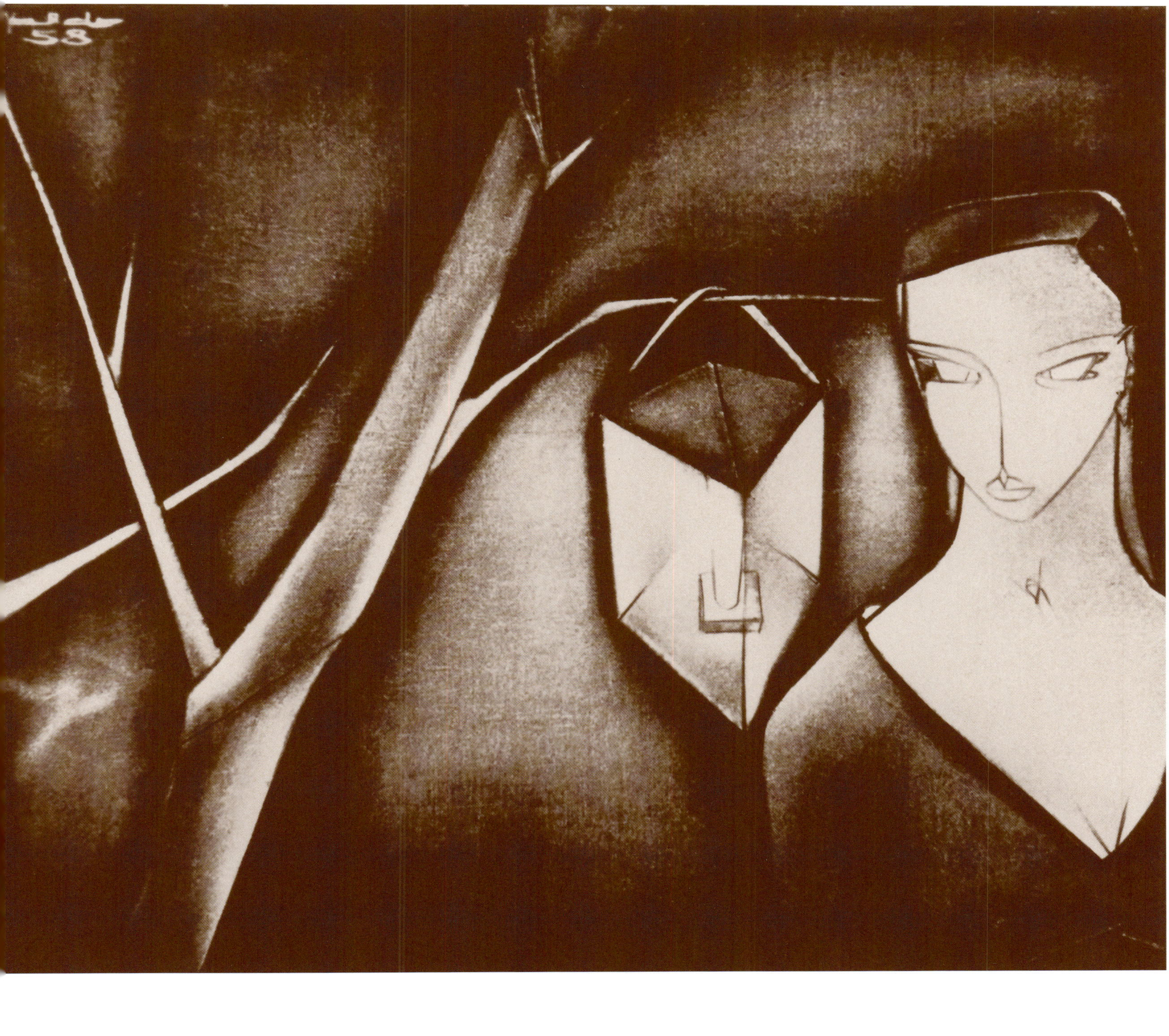
58

"Le Prédateur". 1958
Huile sur toile
Collection privée - U.S.A.

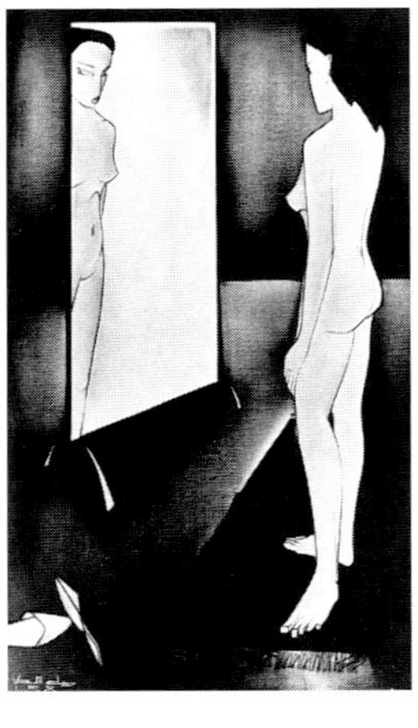

"Le Miroir". 1958
Huile sur toile 92x60 cm (30 M)
Collection particulière - U.S.A.

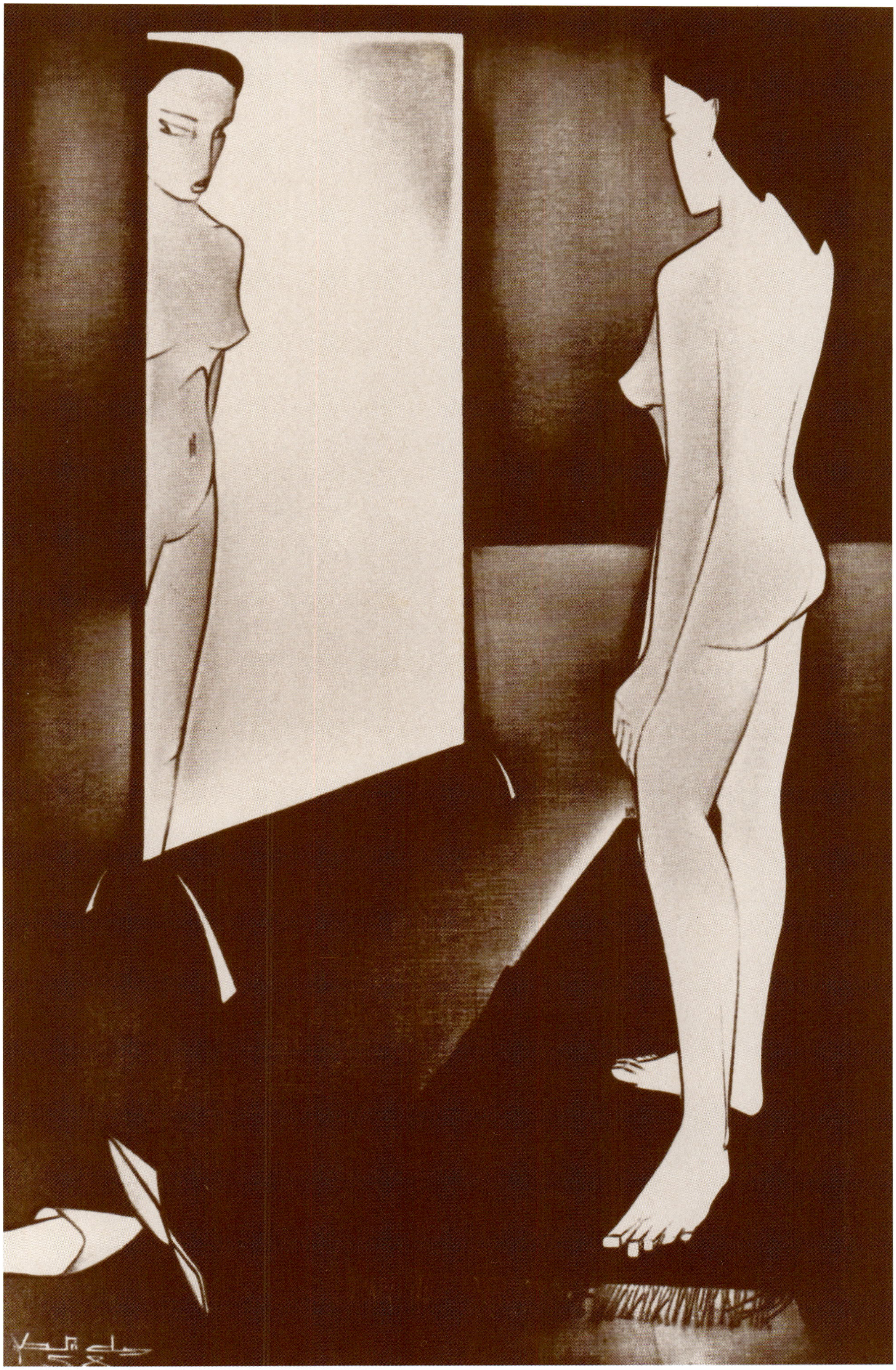

avec Drouant, autant elle se refuse avec ce grand seigneur assez cérémonieux, qui semble croire détenir toutes les vérités de l'art. David regarde les œuvres, puis énonce : "Nous avons déjà un graphiste... un grand... Bernard Buffet... C'est faux qu'il ait pris son trait à Carzou... Le trait Buffet, c'est le trait Buffet... Nous n'avons pas à en exposer un autre..." Un moment de silence suit, très pénible.. "Je ne vois qu'une solution", ajoute David, "enlève ton trait et fais de la couleur." Le jeune artiste n'en croit pas ses oreilles. "Impossible", réplique-t-il, "j'ai mon trait, je le garde." L'entretien en restera à peu près là. David a pu se tromper sur son interlocuteur : il croyait sans doute rencontrer un nouveau modèle de Buffet, lequel, au vrai, est un tendre, un faible, un influençable, dont le caractère, très désarmé, ne correspond pas du tout au trait aiguisé et rigoureux de sa peinture ; tout au contraire, il bute sur un entêté, un sauvage, qui ne transige jamais sur l'essentiel. Et dire que ce sauvage n'a même plus un sou en poche pour payer son voyage de retour à Grenoble ! Par chance, "le petit Grec", comme dit David, a un ami, Camille Jaubert, propriétaire d'un hôtel dans le quinzième arrondissement, qui, non content de l'héberger, est tout prêt à l'aider à percer. Georges Yatridès ne reverra plus jamais Monsieur David... lequel néanmoins le recommande ici et là...

Les deux amis se mettent à prospecter galeries, critiques et revues d'art. Par malheur, si l'accueil est le plus souvent sympathique, on trouve partout porte close pour une exposition. "Seule, la peinture à la cire (sic) ou au phosphore peut produire de tels effets lumineux !" s'extasie le responsable de la galerie Framont. "Immense talent", reconnaît le chroniqueur du Peintre. "Œuvre d'avenir", confirme de Nacenta, qui dirige la galerie Charpentier, laquelle est la galerie attitrée de l'ambassade américaine. Mais si de Nacenta accepte d'organiser une exposition, il refuse toute avance de fonds, alléguant le coût trop élevé de la publicité à engager et des catalogues à faire imprimer. Les chroniqueurs ne prononcent que des promesses vagues. La galerie Framont se récuse aussi nettement que la galerie Charpentier. Sauf quand il fut malade, jamais Yatridès n'aura traversé hiver si noir. "Ainsi aurai-je connu aussi la mendicité", dit-il.

Les deux "mendiants" n'obtinrent satisfaction qu'après plusieurs mois de démarches épuisantes et toutes plus décevantes les unes que les autres. Ce n'est que le 5 février qu'une porte s'ouvre enfin, celle de la Galerie des Voyelles, chez Madame Chastenet de Géry, au demeurant une très active galerie de la rive gauche, fort appréciée des amateurs spécialisés et des critiques les plus connus.

Comble de disgrâce : l'événement est un four.

Les critiques ne donnent en général que des chroniques polies. Pierre Mornand se contente de noter que "c'est une première exposition à Paris dont le caractère original ne peut échapper". "Il a tort, il aurait dû m'écouter," dit David à Drouant. Seul, Helios Ilo Trubujo y va d'un hommage plus appuyé : "D'une nette personnalité et d'une distinction rare", estime-t-il, "l'esprit de recherche, la technique et la virtuosité du peintre sont remarquables. Georges Yatridès mérite qu'on s'intéresse à lui. Qu'il ait en attendant mes sincères félicitations."

Il n'y a pour ainsi dire pas de visiteurs.

Pas un seul ne se présente le 5 mars 1956. Il n'y a pas de quoi fêter le vingt-cinquième anniversaire de la naissance de Georges. Le malheureux a beau se dire qu'aucun de ses anniversaires ne va sans tuiles : celui-là pourra rester parmi les plus funestes.

Le ciel ne s'éclaire un peu que le lendemain. Trois hommes se présentent, à l'évidence américains. L'un d'eux est un énorme personnage, style Orson Welles, corpulence de Falstaff, plus de cent kilos, visage de bison, qui roule effroyablement les rrrr... et qu'est d'autant plus impressionnant que, par cet hiver singulièrement froid sur toute l'Europe, il s'enveloppe dans un pardessus gigantesque. "Là", dit-il, "vous devrrriez soupprrrrimer cette ombrrre... Ici, vous devrrriez mieux dégager ce verrrt... de même que ce marrrron..." Il grogne, grommelle, éructe, tousse, renifle à évoquer tout un troupeau de ruminants fauves. "Mais j'aime, che aime", ajoute-t-il, "vous irrrez loin, trrrès loin, Monsieur Yatrrrrridès..."

Quelque optimisme peut revenir : survient Robert Johnson, il est le fils du plus célèbre collectionneur-marchand de tableaux de Chicago, Samuel E. Johnson. Il a été prévenu par le colosse. Dès quelques jours plus tard, commande vient de quatre toiles, à expédier directement et rapidement à Chicago.

C'est le seul rayon de soleil sur cet hiver lugubre, avec la naissance en janvier, d'un fils, baptisé Rodolphe.

Tout le reste est désespérance.

Sans l'appui de la famille, jamais le jeune ménage ne pourrait subvenir à ses besoins.

De Paris, Georges rejoint Grenoble, comme s'il s'arrachait à un enfer.

Il ne prend plus de pinceau qu'avec dégoût.

Il est tout près de ne croire à rien, ni en rien.

Pour un peu, on le croirait menacé de neurasthénie. Il y sombrerait en tout cas sûrement s'il n'avait pas près de lui la vaillante Florence, toujours confiante, pour le soutenir.

Aurait-il eu raison, le collectionneur si lucide de Villefranche-sur-Mer, qui annonçait que, pour mériter d'être un grand peintre, il fallait d'abord savoir souffrir ?

Le talent est pourtant évident. Son ami, le professeur Sacha Bourmeyster l'écrira mieux que quiconque : "Matières magistralement dévoilées ou sagement dissimulées, transparences où se croisent des jours dont toute ombre est bannie, graphisme dont le volontarisme ne laisse aucune place à l'arbitraire, autant de traits qui personnalisent à coup sûr une toile de Yatridès parmi des centaines d'autres. L'activité créatrice du peintre est programmée dans la mesure où, pleinement maître de son métier, il peut contrôler à chaque instant la distribution des matières, réussir des liaisons réputées irréalisables, sans jamais recourir à des procédés artificiels, à des mélanges chimiques. Sur la toile, l'œil peut aussi bien retrouver des couleurs fondamentales, que découvrir des accords que seul autorise le mélange optique de pigments colorés immergés à des profondeurs différentes et révélées par le jeu des transparences, notamment. Des toiles si équilibrées, si parfaites dans leur facture que toute trace de labeur en est absente et par conséquent toute empreinte de l'auteur, sont-elle capables d'éveiller autre chose qu'admiration et étonnement ? Froides, énigmatiques, elles exercent néanmoins une singulière fascination. La concentration dans le graphisme, la saturation paradoxale dans les tons, la complexité des plans et des propagations de la lumière attirent et rejettent à la fois, un monde à explorer..." Une telle analyse, qui portera sur vingt ans de travail, est déjà valable.

Il reste que de si graves échecs sont extrêmement difficiles à surmonter, même pour un personnage qui peut personnifier l'énergie et la confiance en son étoile...

C'est donc après beaucoup de panique, dans un véritable sentiment de sauve-qui-peut, qu'en mai de cette même année 1956, Georges Yatridès accepte de se rendre au Mexique à l'invitation de son père.

Le départ est aussi prompt que l'invitation a été soudaine. Voici notre héros Outre-Atlantique, chez les Aztèques et les Mayas.

Hélas, encore ! Nouvelle infortune. Si le fils est tout heureux de retrouver un père qui ne l'a pas vu depuis ses trois ans et si Nicolas Yatridès accueille les bras ouverts ce garçon, dont on lui a dit tout le talent, l'attelage révèle vite des craquements. Oui, la maison, au quartier résidentiel de Chapultepec, est fastueuse. On administre des chaînes de drugstores et de blanchisseries : les affaires prospèrent. L'ancien mari de Laetitia a refait sa vie avec une lointaine descendante du légendaire héros mexicain Juarez, Eva, qui joue adorablement la fée du logis. Ils ont deux filles qui sont charmantes. Georges a droit immédiatement à une Buick décapotable rouge. On le sort tous les soirs dans la high society de la ville.

On lui apprend à vivre au service de l'argent, dans une société où l'argent est roi : vous avez laissé votre voiture en infraction, un agent s'approche pour verbaliser, vous lui glissez un lot de pesos et il vous laisse en paix. Mais le père est devenu un vrai despote. Tout doit passer par ses seules volontés. Rapidement, le fils ne supporte pas une telle tyrannie.

Le conflit ne fait que davantage s'approfondir quand le père se met en tête de faire épouser au fils une richissime héritière. "Un : je suis marié. Deux : elle boîte", proteste le fils. Telle est la vérité. "Peu importe !" - lance le père - "puisqu'elle t'ouvrira toutes les portes." Je ne serai jamais si cynique, décide le fils. Il n'ajoute pas qu'il est de surcroît désespéré de ne pas avoir amené avec lui Florence et le petit Rodolphe. Il ne se console pas de les avoir laissés à Grenoble. Etrange : lui qui, en France, dévorait maîtresse sur maîtresse, reste ici impeccablement fidèle à sa femme ; il en est tout obsédé. Du coup, les deux hommes entrent en guerre ouverte. Un beau soir, le fils quitte brusquement le domaine paternel et s'en va vivre ailleurs.

Epoque exceptionnelle.

Il va s'installer chez son ami Terrel, importateur de tissus imprimés TYPSSA (Tielas y Pieles Synteticas Sociedad Anonima) : pour s'amuser, il s'amuse pour lui à des dessins de meubles.

Il vend des idées publicitaires à Grant Advertising, une importante société de gestion.

Il participe avec le docteur Villareal à des expéditions de chercheurs d'or - l'or caché par les curés lors de la Grande Révolution de Zapatta.

Il revoit Ruiz Galindo, le ministre de l'Intérieur, que lui a présenté son père et qui, avec ses deux fils, anime une puissante industrie de meubles, Armando s'étant spécialisé dans les meubles en bois, Tonio dans les meubles en acier ; de plus, ils sont les plus actifs paternalistes de toute l'Amérique latine ; ils "sponsorent", comme on dira plus tard, une équipe de football ; ils entretiennent une écurie de boxeurs ; ils alimentent à grands frais une magnifique bibliothèque populaire ; sur sa lancée et dans l'enthousiasme, Ruiz Galindo, qui admire le talent du jeune immigré, le nomme directeur de ses bureaux de création. Voici Georges dessinant à nouveau des meubles plus activement, puis signant un contrat juteux avec Chrysler, qui lance une vaste campagne de publicité par voie de dessins et d'affiches.

Il est assez riche pour faire venir Florence et Rodolphe, qu'il loge dans une belle villa de Chapultepec et où il s'enchante de leur faire servir de l'authentique cuisine mexicaine, "tortas", "tortillas" et calamares aux haricots rouges, le tout pimenté effroyablement au "chile".

Il fait la connaissance d'un chaleureux capitaliste, Viscaïno, qui monopolise la fabrication de la *tequila*, eau-de-vie mexicaine, et qui vit dans les deux étages supérieurs du Palace *le Vice-Roi*. Non seulement ce Viscaïno possède quelque mille hectares de terres, dans un pays où la loi interdit d'en avoir plus de soixante, mais il fait bâtir sur le rivage du Pacifique une ville pour milliardaires, à Tenacatita-de-Los-Angeles : on ne peut y accéder par la route ; on ne peut s'y rendre que par air ; le luxe des luxes est d'y avoir des appartements sans W.C. ; l'on n'y dispose que de toilettes collectives au sommet d'une montagnette, où il faut se rendre à dos de mules ; il paraît que les milliardaires adorent ce genre de promenade. Viscaïno n'a connu qu'un échec : il projetait d'exploiter industriellement le plancton ; une fois préparées toutes les installations nécessaires, il a appris qu'on ne trouvait pas une once de plancton à cet endroit du Pacifique. Il n'en continue pas moins d'équiper et d'animer le paradis de Tenacatita-de-Los-Angeles. Précisément, il charge Georges du choix des marbres, des pierres et de la décoration.

Son expérience mexicaine ne se limite cependant pas au seul domaine industriel.

Il entre dans l'amitié du grand peintre du crû, que lui a présenté son père, Diego Ribeira, chantre de l'épopée révolutionnaire de son pays natal, qui, en 1919, à Paris, dans la splendeur romantique de ses trente-quatre ans, se faisait peindre par Modigliani, passait toutes ses soirées à *la Rotonde* à rêver de la révolution mondiale, caressait religieusement la table où se serait assis Lénine, projetait d'aller, le grand soir, récupérer les Cézanne partout où en possédaient les capitalistes et maintenant brosse à larges traits et à couleurs hurlantes de vastes fresques crypto-marxistes sur les façades sans fenêtres des plus modernes monuments publics.

Son père lui présente aussi Oscar Herner, le propriétaire de la galerie Iturbide, qui se trouve être la plus importante de Mexico, et lui propose un contrat fructueux - contrat aussitôt refusé, car Georges a la conviction qu'il a pu définitivement se libérer de "l'opium de la peinture".

Il n'avait pas assez obtenu du Dauphiné, de la Grèce et de la Négritude : il découvre l'univers opaque et spartiate des Aztèques, plus encore l'univers envoûtant des Mayas. Il prend révélation des plus lumineux prodiges précolombiens. C'est un nouvel éblouissement. Pour mieux comprendre les Aztèques, il passe des journées entières à Teotihuacán, cité des dieux, où une colossale pyramide du Soleil borde une ample avenue des Morts et où l'on enseigna jadis que la naissance n'est que le tombeau de l'Esprit : fondamentalement, la vie n'est utile qu'à préparer la libération du moi mortel. Il se fait interminablement raconter les promesses du dieu tribal du pays d'Aztlan, Huitzilopochtli, le "Sorcier-Colibri" qui, à la recherche d'un refuge qui pourrait être une citadelle, avait ordonné à ses prêtres d'aller construire un temple en son honneur à l'endroit où apparaîtrait un aigle, posé sur un figuier de Barbarie et tenant un serpent en son bec : ce fut sur un îlot rocheux du lac Texcoco que les Aztèques reconnurent le signe providentiel et fondèrent en 1325 leur capitale Tenochtitlán, en bâtissant quelques misérables huttes de roseaux au milieu des marécages, premières cases historiques de Mexico. Il se fait initier aux splendeurs sauvages de cet art ou toltèque ou huaxtèque, qui a su porter jusqu'au sublime le démon militaire, un art écrasant de guerriers artistes, magnifié par tel temple excavé, taillé dans la montagne, de Malinalco, tels couteaux sacrificiels, au manche en forme de chevalier Aigle ou Tigre, incrusté de turquoise et de malachite, ou telle pierre sacrificatoire, gravée de Tizoc, où s'aménage le réceptacle voué à recueillir le cœur des suppliciés. Pour mieux rencontrer les Mayas, qui furent aux Aztèques ce que les Athéniens furent aux Spartiates, il se rend en leurs terres d'élection Petén et le Yucatán. Il vagabonde, de monument en monument, Campeche, Chichén, Copán, Palenque, Uxmal, Chichén Itzá, en tout sont deux mille ans de la civilisation la plus brillante. Hélas ! L'évêque espagnol Landa, il y a quatre cents ans, nous priva dans un grand holocauste de la quasi-totalité de la littérature maya. Du moins les Inquisiteurs, même alliés aux termites, n'auront-ils pu détruire les œuvres de sculpture et d'architecture. Ici, il médite face à l'une de ces stèles érigées tous les trente ans par un peuple éminemment obsédé par la Durée. Là, il contemple tel temple forteresse, dont les façades s'ornent d'une profusion de bas-reliefs ou d'hiéroglyphes, et dont les arcs, type "arc maya", voûtes en encorbellement, nécessitèrent de formidables assises. Ailleurs, il rêve sur tel vase illustré de scènes de prières, ou, à Palenque, sur tel masque en mosaïque de jade, au sourire, prieur ou voluptueux, non moins énigmatique et saisissant que les apparitions de l'Afrique la plus profonde. Bouleversé, il réalise qu'il ne s'agit pas seulement d'un art de l'épouvante et de l'écrasement, où hurlent des serpents à plumes et des dragons en gargouilles, pour mieux exprimer l'horreur de vivre, mais que tel masque, en mosaïque de turquoises et de coquilles rouges, aux yeux incrustés de nacre et d'obsidienne, peut exprimer une grâce infinie, une indicible douceur, un immense amour sans frontières...

Pour autant, avec Diego Ribeira, il apprend à aimer tous les plus grands maîtres mexicains de l'art mural, de José Clemente Orozco à Rufino Tamayo. Il est singulièrement frappé par *"L'Adieu"*, l'hallucinante fresque de José Clemente Orozco au collège de Saint-Ildefonse, et la prodigieuse *"Mère Paysanne"* de David Siqueiros, pieds nus dans un paysage de cactus alignés comme des candélabres ironiques, toute serrée, avec son enfant sur les bras, dans un lourd fichu bleu, visage hermétique, lourde main de laboureuse, fuyant sans doute l'incendie de fureurs qui s'allume sur l'horizon noir.

L'art mexicain, l'ancien comme le moderne, empêche la source divine de se tarir en lui : le petit Grec ne sera pas qu'un marchand.

Il aime raconter que, lorsqu'il se fait face dans un miroir, comme naguère sur son lit de souffrance, il se dédouble en deux images. De l'homme tranquille, sachant apprécier tous les plus simples plaisirs de la vie, une fleur, une femme, un vin, maintenant en train de se raser ou de se peigner avec les gestes les plus ordinaires, s'évade un autre Yatridès, son frère, mais au visage sectaire, mâchoires serrées, sourcils froncés, regard exigeant, avec toute l'expression farouche d'un militant de religion. Un dialogue s'installe. Laisse-moi donc en paix, je veux vivre, dit l'un, et Florence attend un autre enfant. Non, tu n'as pas droit à la paix, gronde l'autre, ton devoir est de donner, ton message est de créer, tu commets sacrilège en perdant un seul instant de travail. L'appel est tyrannique. Le Yatridès calme ne sait que trop qu'il ne pourra pas résister longtemps. Pour une âme de créateur, au reste, que vaut donc la joie de manier de l'or, près de la joie de tous ces artistes de tous les âges à inventer de la beauté ? Le dialogue ne s'établit pas à armes égales...

De fait, le tentateur vient vite.

Il s'appelle Samuel Johnson.

Il est le prestigieux Samuel E. Johnson en personne.

Fin 1957, inopinément, il débarque à Mexico.

Il propose un contrat d'exclusivité mondiale.

Cet Israélite de l'Illinois sait développer le plus grand charme quand il tient absolument à s'assurer tout le talent d'un artiste.

A près de soixante ans, trapu, robuste, décidé, il reste de ceux qui savent abattre tous les obstacles.

Je vous assure une totale indépendance financière, dit-il, mais vous devez rentrer chez vous, retrouver votre vrai paysage, reboire à votre vraie source.

Georges essaie de faire valoir que c'est là une proposition de rupture inhumaine. Il se sent tout-à-fait heureux à Chapultepec. Il vient de se réconcilier à la perfection avec son père. Il a mis sa petite famille à l'abri des pires cauchemars. Un artiste peut absolument trouver au Mexique tout l'environnement nécessaire pour une glorieuse création. Ce n'est certes pas rien, les Mayas, les Oltèques, Tamayo, Ribeira, Siqueiros...

Du chanvre, rectifie Johnson, tu fumes du chanvre. La vérité des vérités est que vous n'êtes pas dans votre vrai climat.

D'ailleurs, ce diable d'homme ne va plus cesser d'être d'une implacable exigence. Il n'a rien de plus en horreur que la paresse de l'imagination et les manies du conformisme. Inlassablement, il va demander des tableaux chaque fois différents, comme quoi Yatridès accepte tout le pari. A peine aura-t-il contemplé une femme à côté d'une table qu'il agréera une fleur à côté d'un vase. Viendra-t-il de s'extasier sur un androgyne songeur, accroupi sous une étoile, aussitôt il aura à découvrir un mâle à plein soleil. Il n'est jamais las de faire ouvrir des mines nouvelles. Par système comme par génie, il interdit d'exploiter toutes mines, même les plus prometteuses des plus beaux diamants. Il dit vouloir uniquement engager des *chercheurs* d'or, et non des *trafiquants* d'or - des aventuriers et non des usuriers.

Comment résister, alors que, de surcroît, Johnson, sans le savoir, est sataniquement aidé par le traître qui, dans l'image dédoublée du miroir, pousse au même destin épuisant ? N'est-il pas trop vrai aussi, que, chez le grand artiste, ce n'est pas la recherche des triomphes qui le tourmente, mais on ne sait quel appel d'abîmes ? Il ne court pas après la gloire. Il s'engouffre dans la panique enivrante d'avoir à inventer chaque jour autre chose. L'ivresse n'est pas de mériter la renommée - simple lot distribué par les hasards - mais, sous le fouet d'un monstre intérieur, de chercher à faire toujours plus beau, plus vrai, plus bouleversant...

Au fond, Johnson ne parle que le langage de sa propre vocation.

Alors, tant pis si le père doit se déclarer blessé par cette "trahison filiale".

Peu importe également si Florence exprime quelque terreur de l'inconnu, et si c'est peut-être aussi une erreur, au fond, de quitter ce pays épique, aux horizons illimités, aux muscles neufs, d'une âme si merveilleusement disponible, pour aller rejoindre une petite province lasse et bourgeoise, si vulnérable et ratatinée face aux défis géants de cette fin de siècle. Le Mexique est grandiose en fonction même de gigantesques contradictions insolubles et de colossales possibilités inépuisables. A l'évidence, il est à la dimension des temps. Il a toute la densité de cette actualité à énormes bouleversements. Que gagner à retrouver une province proprette et sage ?

Non, insiste Johnson, le vrai cœur est là-bas, et non chez les impitoyables ni les suppliciés.

Ainsi la petite famille prend-elle le chemin du retour, du reste agrandie d'un second fils, Eric.

De fait, aussitôt de retour, l'artiste connaît un bonheur comme jamais.

Rarement même, il se sera senti aussi fort.

C'était surtout une erreur de douter de la province natale. Elle est faussement bourgeoise. Non seulement, on n'est jamais trop petit ni mesquin à vivre face aux Alpes, mais une géographie d'harmonie peut être plus exaltante qu'une géographie de rupture.

Le laboureur est plus épique que l'implorateur. Le jardinier et l'éleveur d'arbres ne sont pas d'un génie moins exigeant que les peintres et les sculpteurs.

L'Europe n'est pas vieille au point de ne pas entendre les rugissements des nouveaux univers et de ne pas savoir préparer son âme aux paris des nouvelles heures.

Quand il reprend son pinceau, il ne se sent pas moins "possédé" ici qu'il ne l'aurait été en restant chez les Mayas.

Et comment ne retrouverait-il pas pleinement la marque de son frère dans le Zodiaque, ce Michel-Ange, fils des mêmes planètes, autant capable d'inventer le triomphant *David* de Florence que les *Captifs* accablés du Louvre, et qui, avec une volupté incomparable, jouait à multiplier sur le plafond de la Sixtine les types les plus représentatifs de leur signe zodiacal, visionnaires, prophètes et sibylles ? Lui-même, de plus en plus, ne se sent-il pas sorcier, et sorcier puissant, avec la même passion pour les méditations sauvages et les solitudes intransigeantes ? L'Europe sait n'être pas moins féroce que l'Amérique, dans le service de la vérité révélée. La grandeur, elle est là où on la trouve...

De plus, le voici en pleine maîtrise de son art.

Du graphisme fondamental au graphisme absolu.

Lumière et espace sont parfaitement maîtrisés.

Georges Yatridès atteint aux plus exaltantes réussites.

Dans le public, fatalement, le succès suit.

Dès 1957, à Chicago, vient une première exposition au bénéfice d'exceptionnelles collections de Détroit, New York, Chicago et Montréal, dans lesquelles, pour la première fois, entrent des Yatridès.

Dès l'année suivante, viennent à Chicago deux nouvelles expositions, l'une au bénéfice d'exceptionnelles collections des plus grandes villes américaines, l'autre au bénéfice de collections "étrangères", en particulier du Mexique, de France, de Grande-Bretagne et de Suisse.

Dès mars 1959, haute consécration, il est exposé parmi les dix-huit plus grands maîtres français contemporains, *Contemporary French Masters*, à l'International Galleries de Chicago, 424, South Michigan Avenue. Il présente "LE MASQUE", "CONCERTO BLANC", "L'AUTRE", "EVASION" et "SUR UNE CHAISE BLEUE", qui entre dans la collection personnelle de Samuel Johnson. Il est le plus jeune des artistes de l'événement. Les autres s'appellent Georges Braque, Maurice Brianchon, Charles Camoin, Marc Chagall, Roger Chapelain-Midy, Pierre-Eugène Clairin, Paul Collomb, François Desnoyer, Edouard-Jospeh Goerg, Marcel Gromaire,

Ely Laumonier, Fernand Léger, André Lhote, Pablo Picasso, Jean Puy, Maurice Savin et Jacques Villon, l'aîné étant Charles Camoin, né en 1879. La critique est enthousiaste. Peu importe si, dans le lot, figurent quelques "contemporains" insignifiants, dont les noms ont gagné très temporairement une renommée grâce à des campagnes publicitaires orchestrées à l'échelle mondiale. Comme l'écrit Samuel E. Johnson : "Désormais, Yatridès se situe au-delà comme l'un des rares peintres de sa génération ayant une force artistique et un talent suffisants pour le rendre capable d'atteindre ce niveau de valeur et d'intérêt permanents accordé aux œuvres d'artistes vraiment grands tels que Camoin, Chagall, Desnoyer, Goerg, Gromaire, Puy et Savin." Il faut préciser que, fièrement, le catalogue de l'exposition offre, entre autres merveilles, une nature morte, *"Carafe et Bol"*, de Georges Braque, *"Anémonies"* et *"Beautés de Provence"* de Camoin, *"Rêve de Village"* de Chagall, un admirable *"Nu Allongé"* de Desnoyer, *"L'Enchanteresse"* de Goerg, *"Etudes de Nu"* de Gromaire, une nature morte de Fernand Léger, *"La Madrague"* d'André Lhote, *"Tulipes"* de Puy, *"Deux Baigneuses"* de Savin et des *"Fleurs de Printemps"* de Picasso, elles aussi de la collection particulière du Maître des lieux.

Dès novembre 1959, voici, toujours à Chicago, la première grande exposition personnelle. Tout orgueil, Samuel E. Johnson peut libérer toute sa ferveur dans son papier de présentation. "Yatridès", écrit-il, "a trouvé des horizons illimités pour son expression artistique. Remarquable aussi bien pour son sens du graphisme que pour son sens de la couleur - peintre de portraits, personnages, nus, natures mortes et paysages - Yatridès a trouvé en lui-même le talent, l'inspiration nécessaires pour présenter un monde artistique complet. Le facteur dominant qui caractérise l'art de Yatridès est l'individualité complète et absolue du peintre. L'importance de la place prise par Yatridès est évidente dans cette exposition de ses œuvres qui est la plus importante jamais organisée pour lui en Europe et en Amérique."

Et Yatridès est d'être déjà illustrissime aux Amériques, alors qu'il est à peine connu en France.

Et de nous donner merveilles sur merveilles.

1958 : "Le nu au livre", "Le chat", "La charrette", "Le predateur", "La lanterne", "Le miroir".

1959 : "La jeune femme a l'enfant", "Le masque mutile", "La boucherie chevaline", "Portrait", "Le petit dejeuner", "L'eurasienne et le lampadaire", "Le bouquetin".

1960 : "Personnage au piano", "Jeune fille", "La jeune turque", "L'assiette et le nu", "Jeune femme assise", "La riviere", "La rue en pente", "Soc de charrue".

1961 : "La seine en banlieue", "La rue, la nuit", "Le kiosque a musique", "La priere", "Nature morte au telephone", "Concerto pour piano n° 3 de prokofiev", "Femme au fruit".

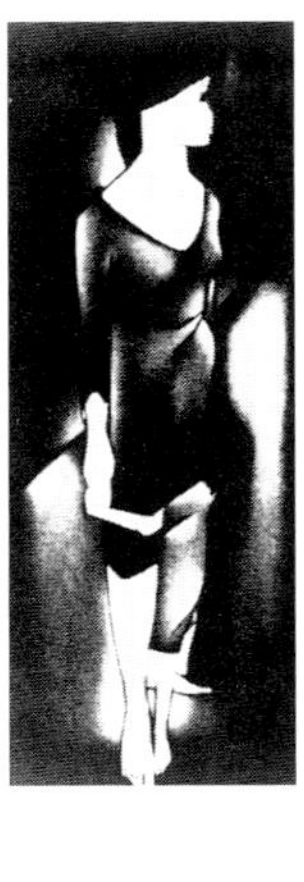

"La Jeune Femme à l'Enfant". 1959
Huile sur toile 91,5x35,5
Collection particulière - U.S.A.

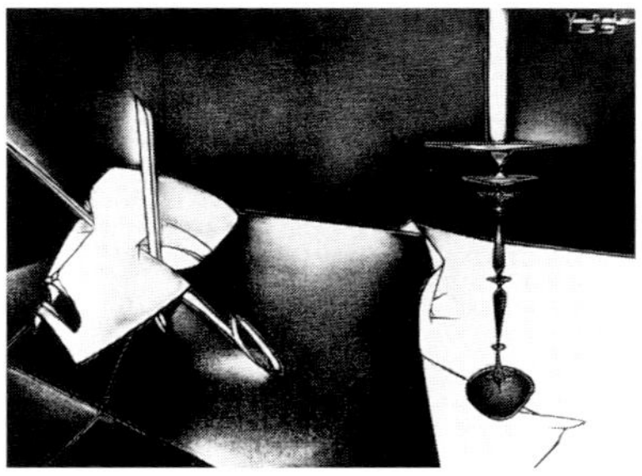

"Le Masque mutilé". 1959
Huile sur toile
Collection privée - U.S.A.

"La boucherie chevaline". 1959
Huile sur toile 73x50 cm (20 M)
Collection particulière - U.S.A.

"Le Portrait". 1959
Huile sur toile 73x50 cm (20 M)
Collection particulière - U.S.A.

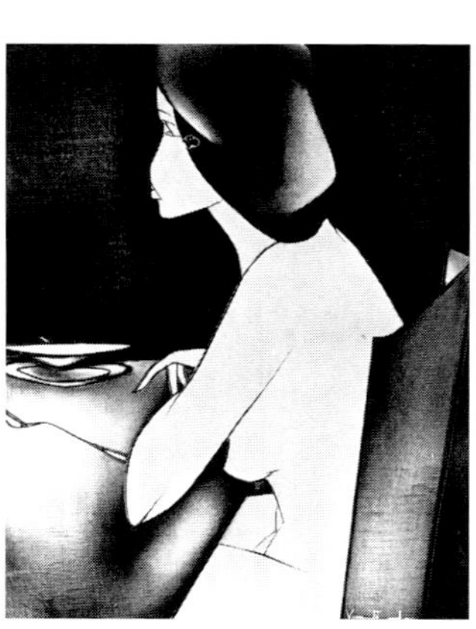

"Le petit déjeuner". 1959
Huile sur toile 73x50 cm (20 M)
Collection particulière - U.S.A.

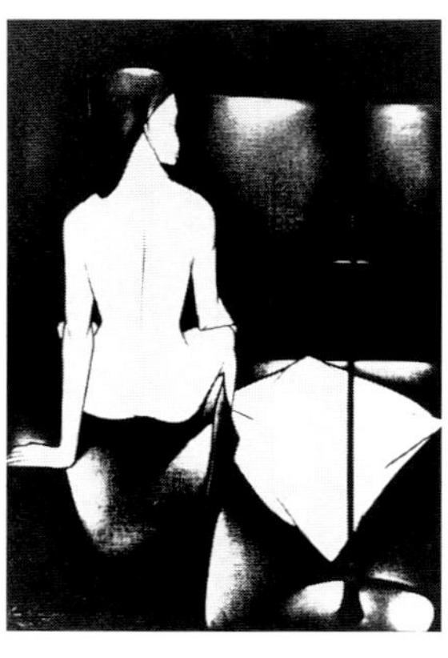

"L'Eurasienne et le Lampadaire". 1959
Huile sur toile 92x65 cm (30 P)
Collection particulière - U.S.A.

"Le Bouquetin". 1959
Huile sur toile 65x50 cm (15 P)
Collection particulière - U.S.A.

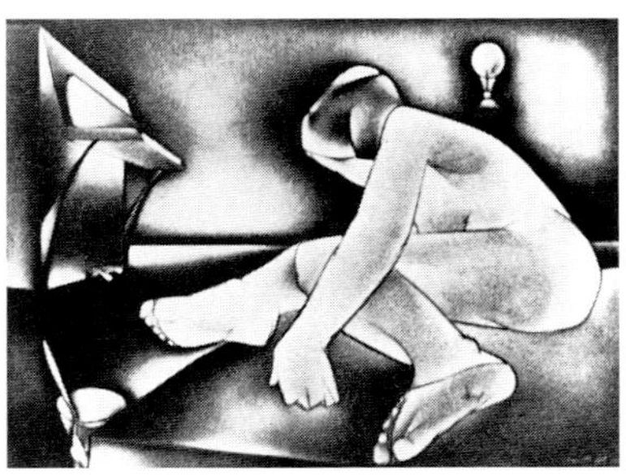

"Personnage au Piano". 1960
Huile sur toile 81x60 cm (25 P)
Collection particulière - U.S.A.

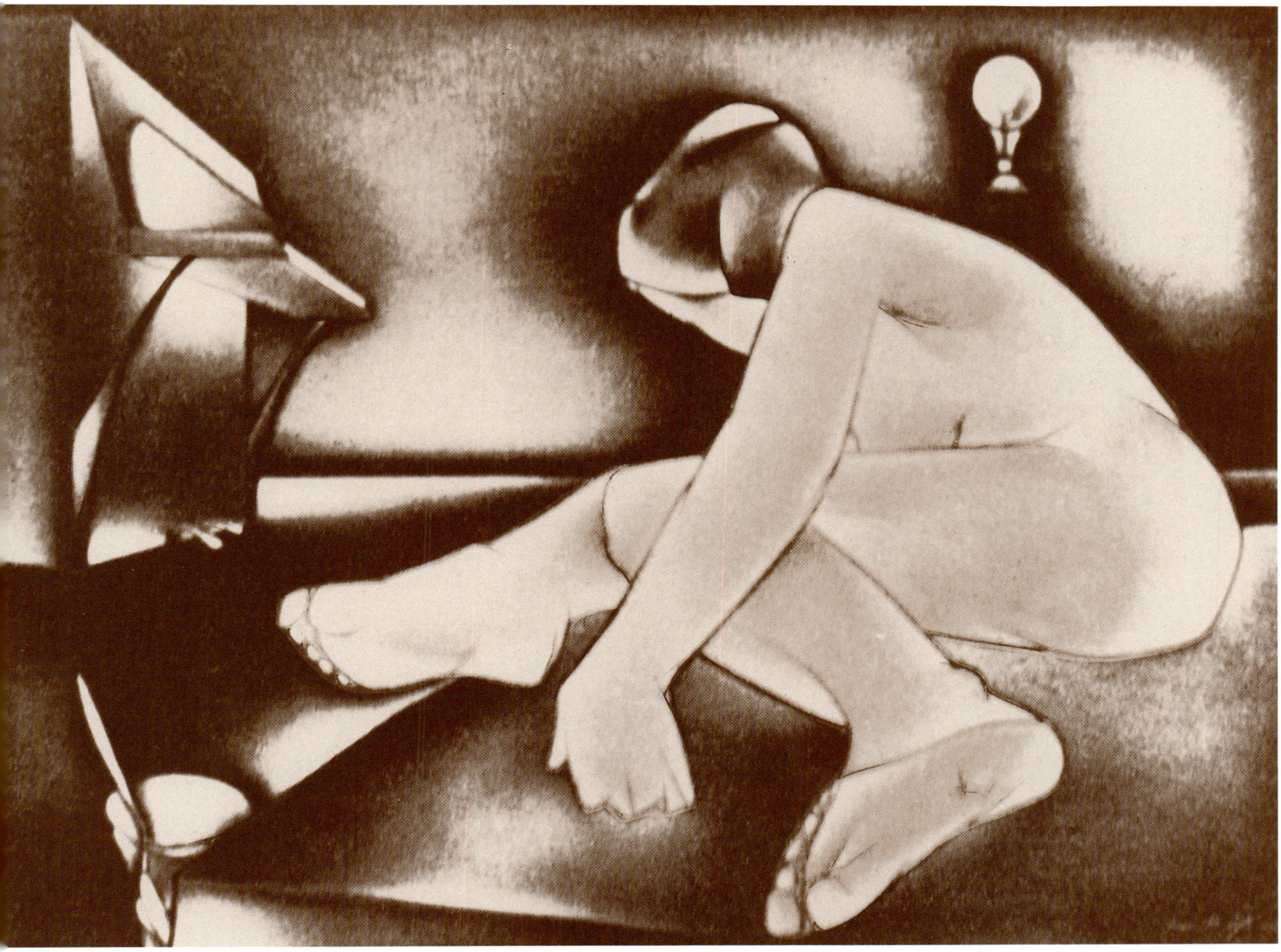

"Jeune Fille". 1960
Huile sur toile
Collection privée - U.S.A.

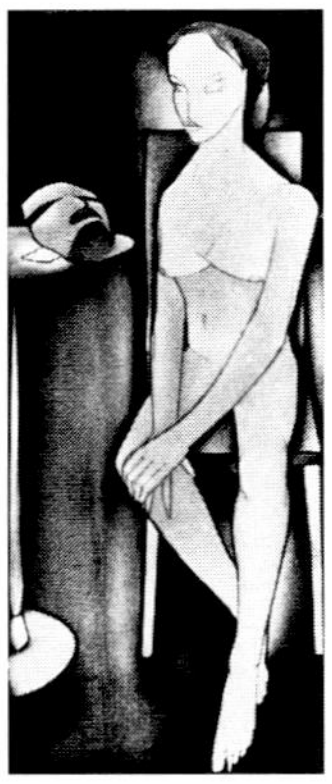

"La Jeune Turque au Masque" - 1960
Huile sur toile 94x43 cm
Collection particulière - U.S.A.

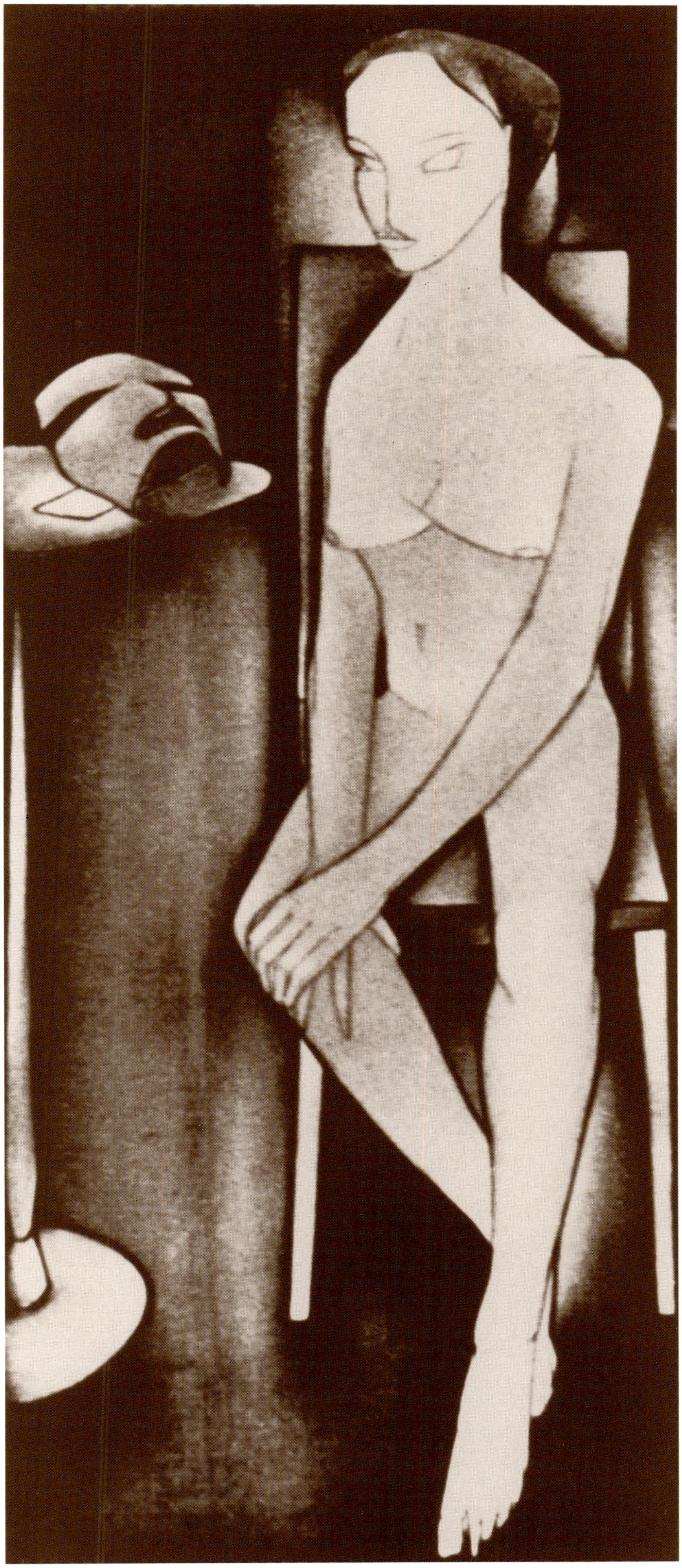

"L'autre". 1963
Huile sur toile 81x60 cm (25 P)
Collection particulière - U.S.A.

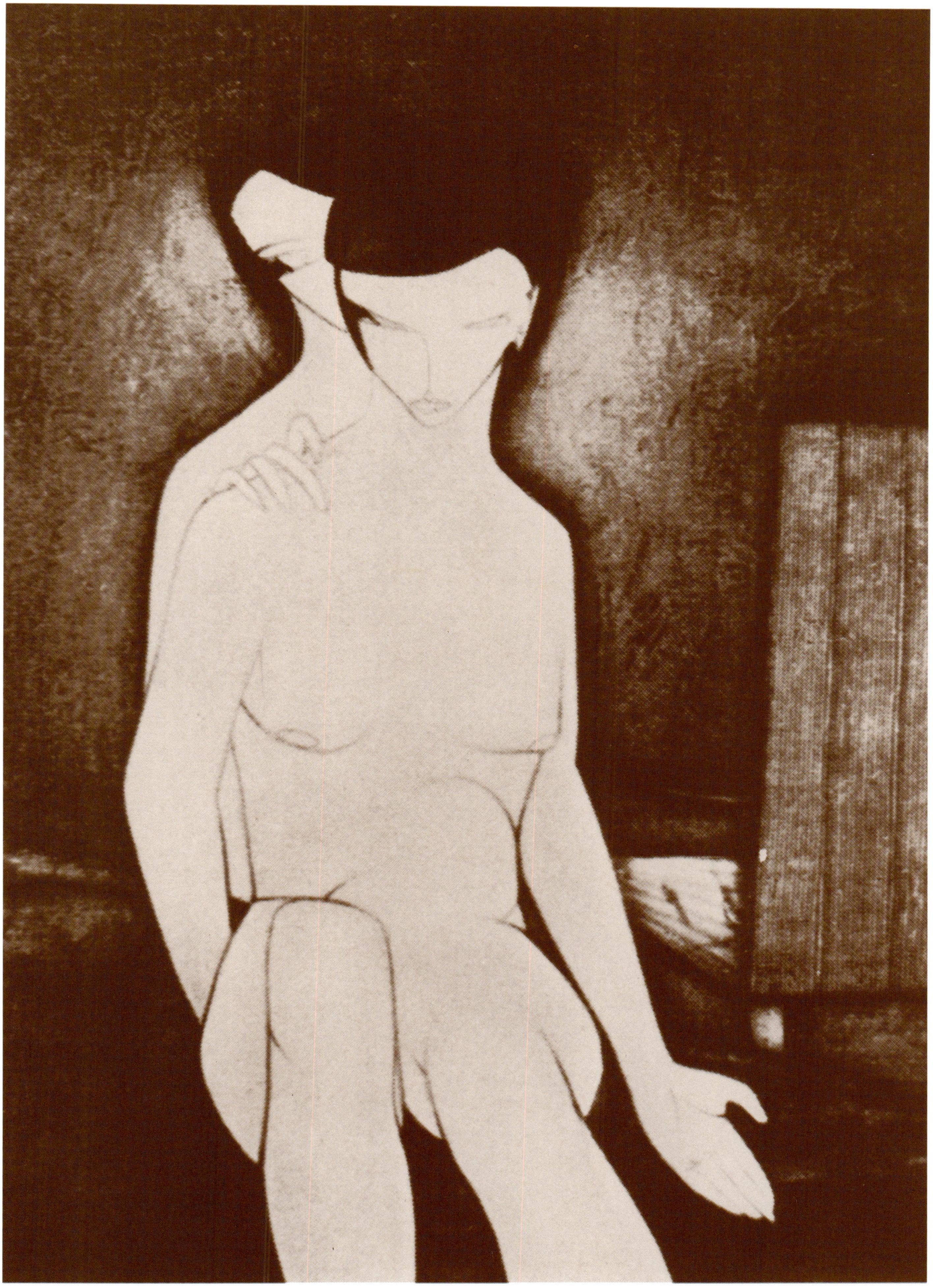

"L'Assiette et le Nu". 1959
Huile sur toile 81x65 cm (25 F)
Collection particulière - U.S.A.

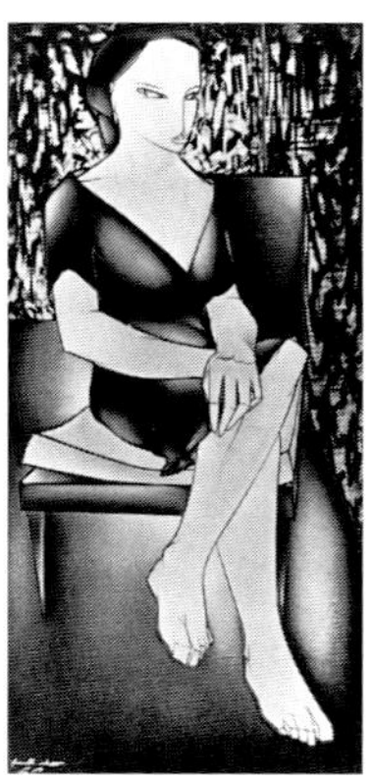

"Jeune Femme assise". 1960
Huile sur toile 101,50x50,75 cm
Collection particulière - U.S.A.

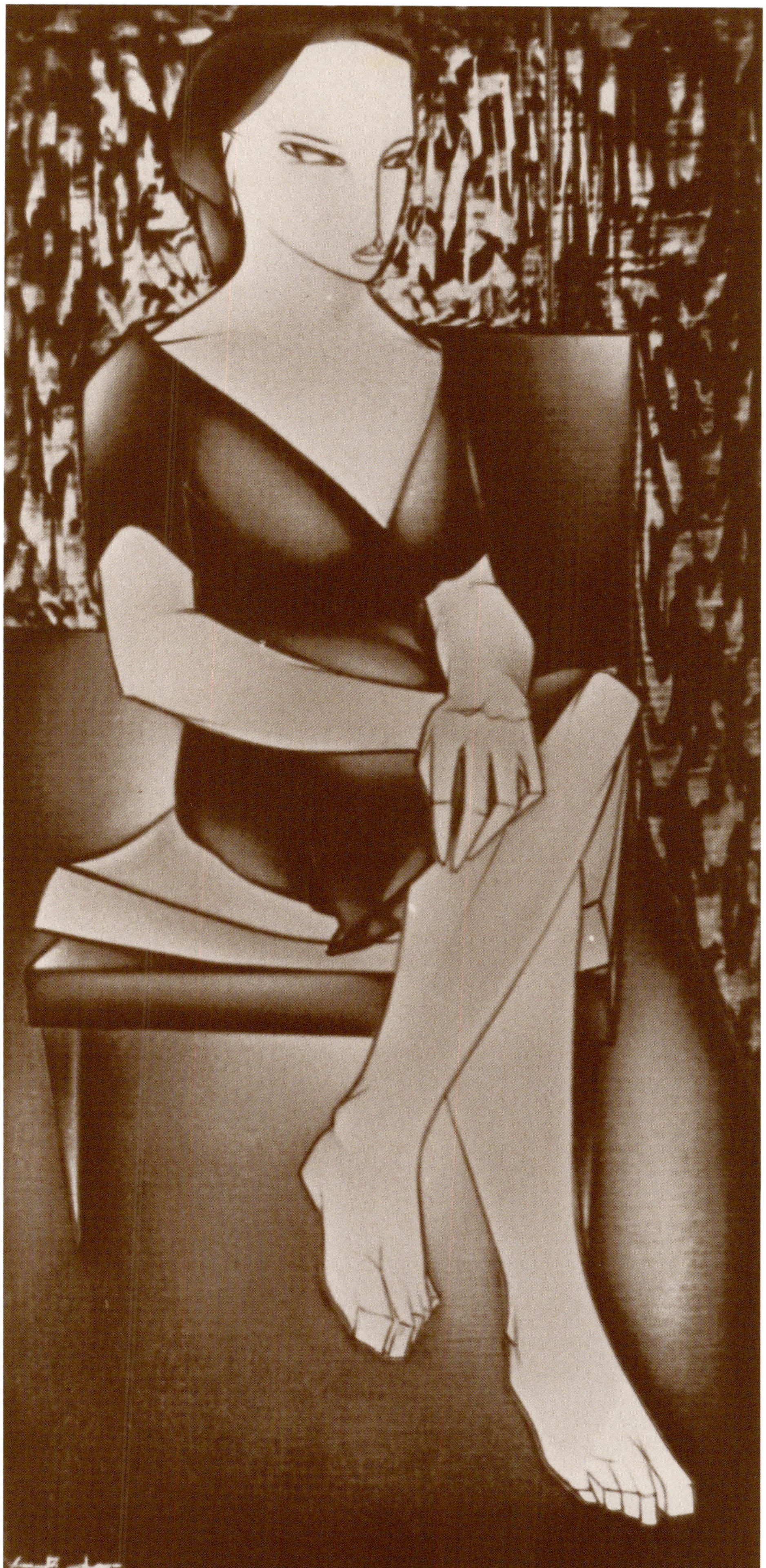

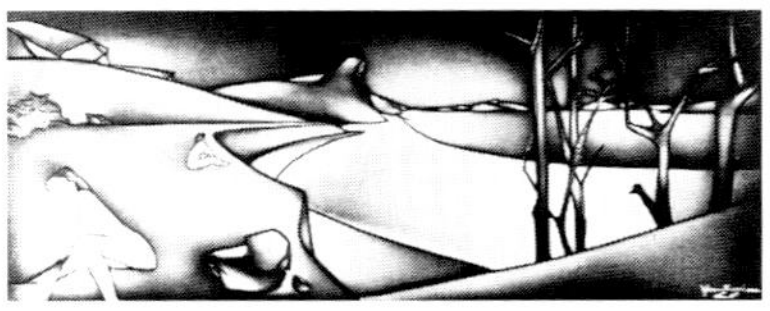

"La Rivière". 1960
Huile sur toile 91,5x35,5 cm
Collection particulière - U.S.A.

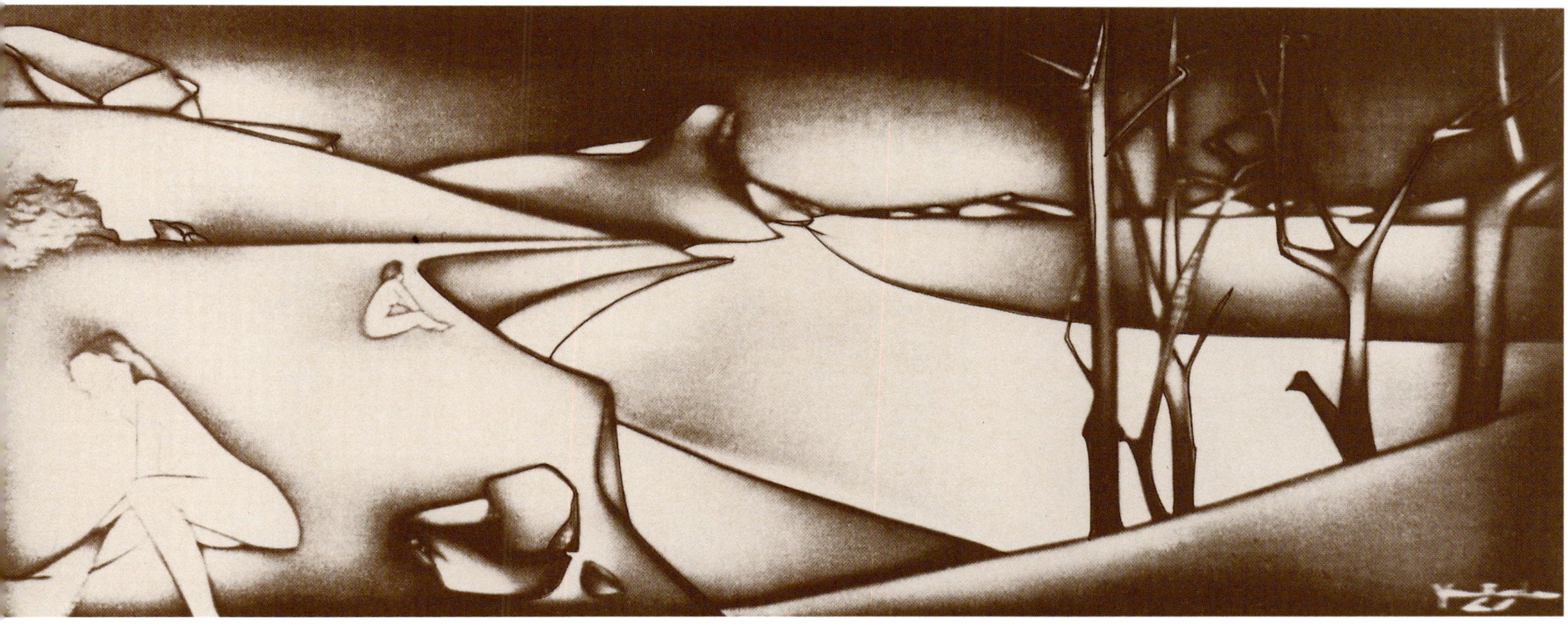

"La rue en pente". 1960
Huile sur toile
Collection privée - U.S.A.

"Soc de Charrue". 1960
Huile sur toile
Collection privée - U.S.A.

"La Fontaine et le Seau"
Collection privée

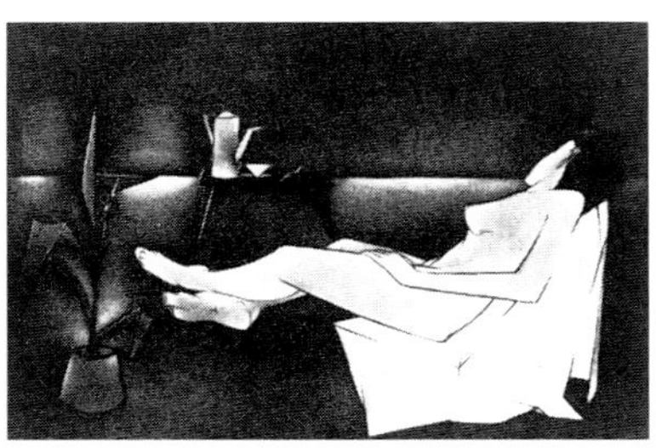

"Les Deux Corps"
Collection privée

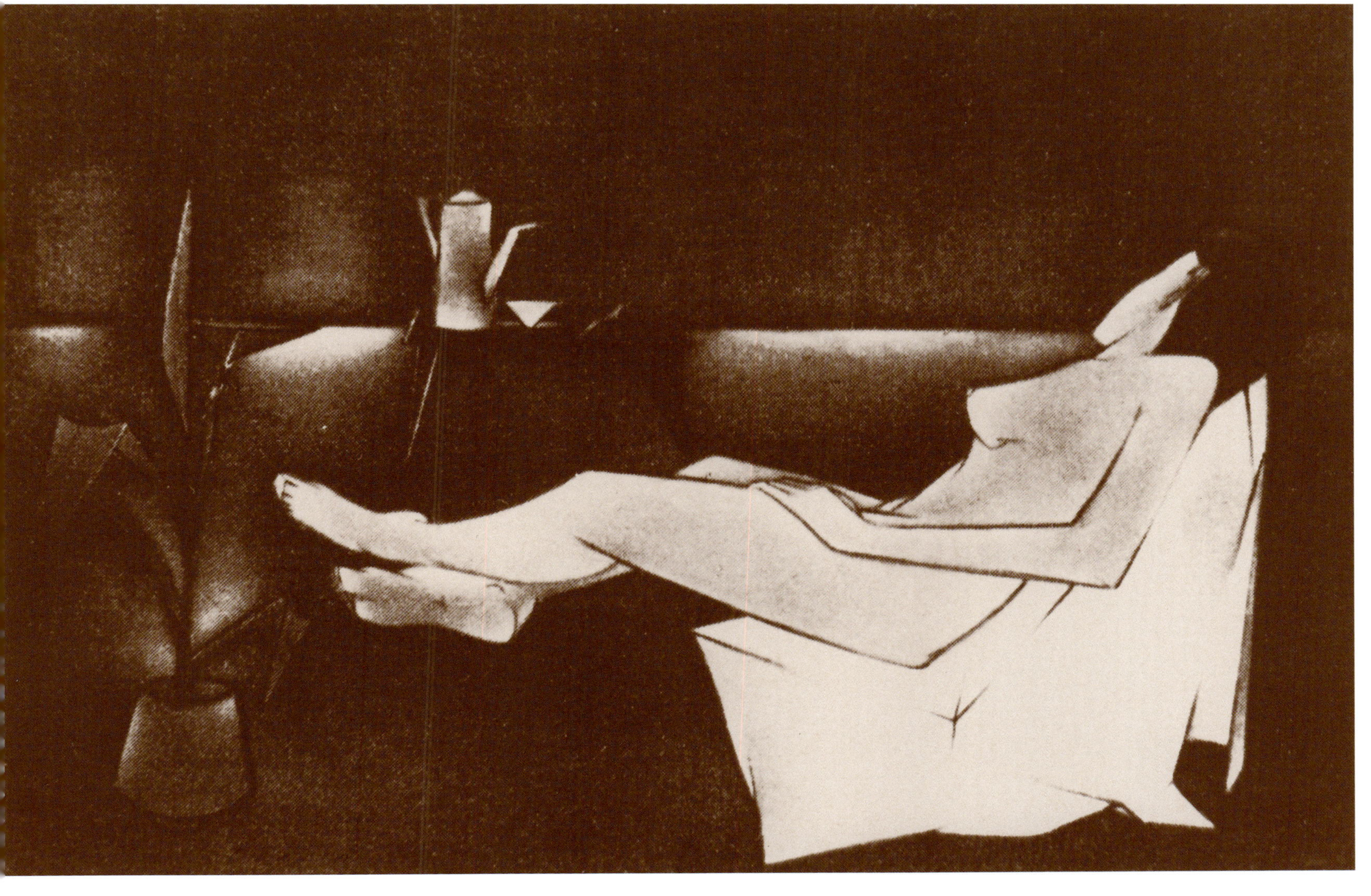

"Le Téléphone aux Ecrevisses
Collection privée

"Le Mixer"
Collection privée

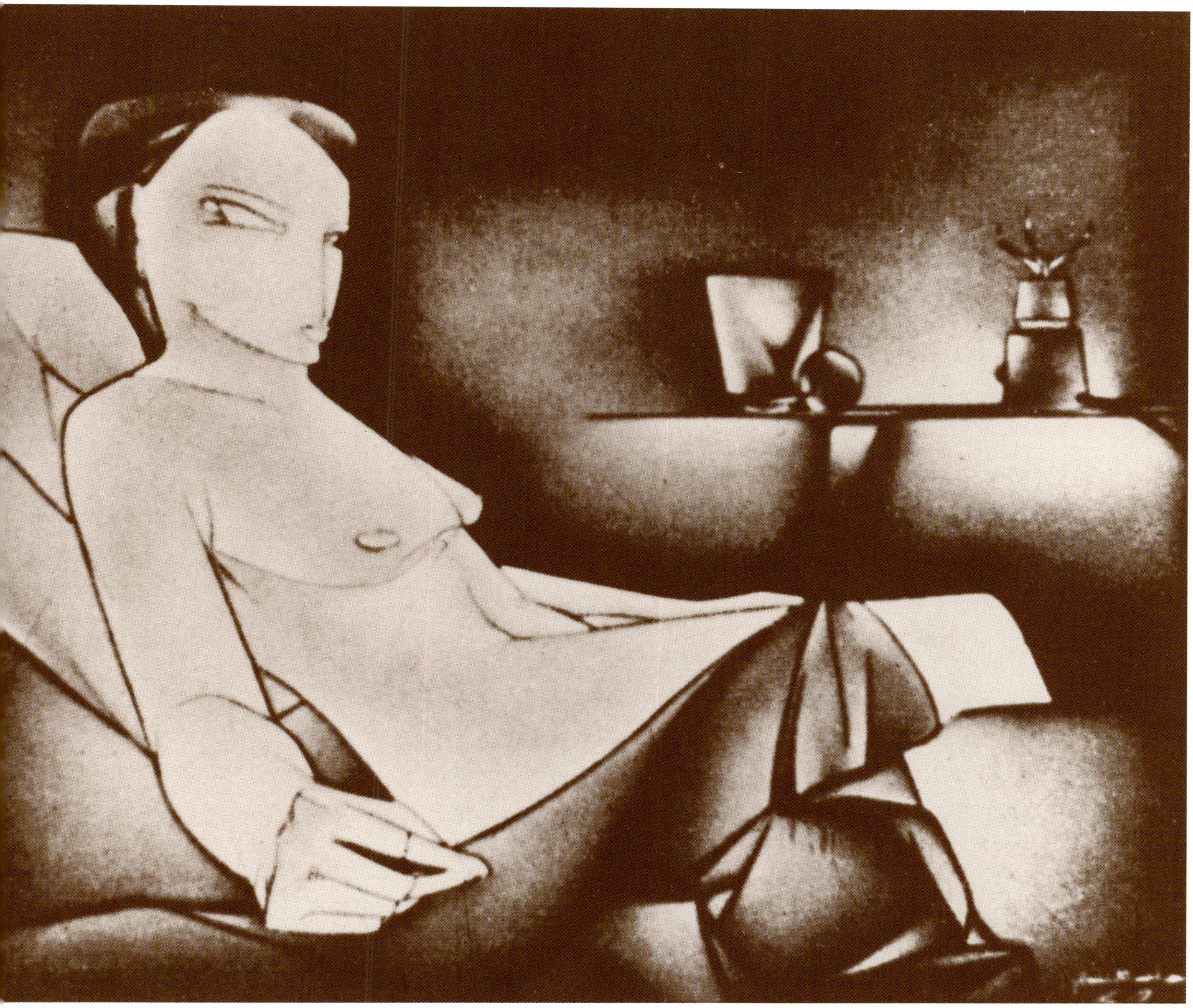

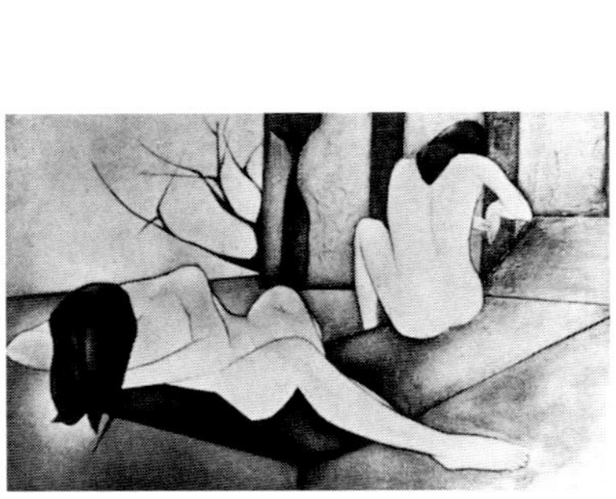

"Les Deux Corps"
Collection privée

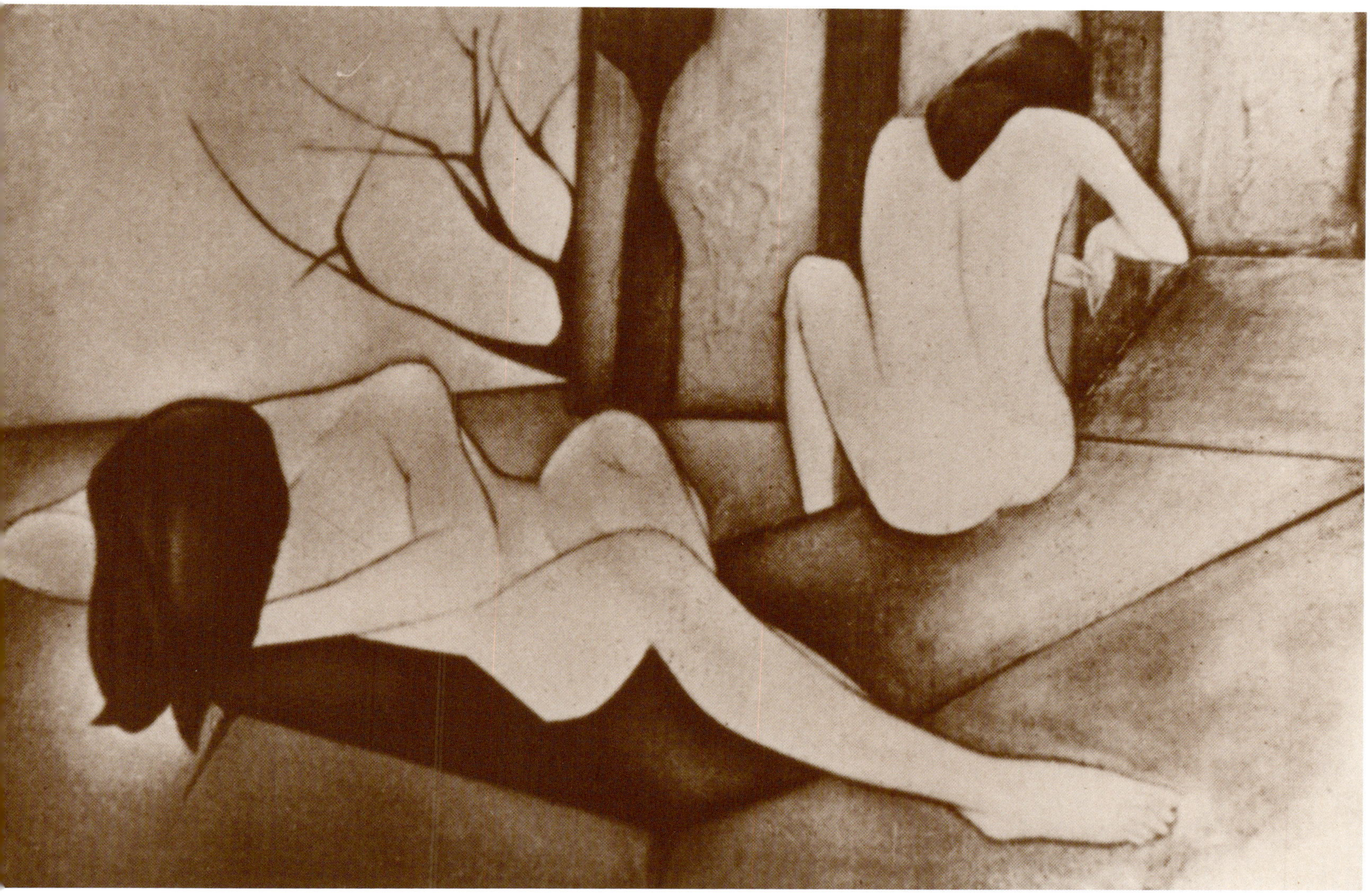

"Le Jeu d'échecs"
Collection privée

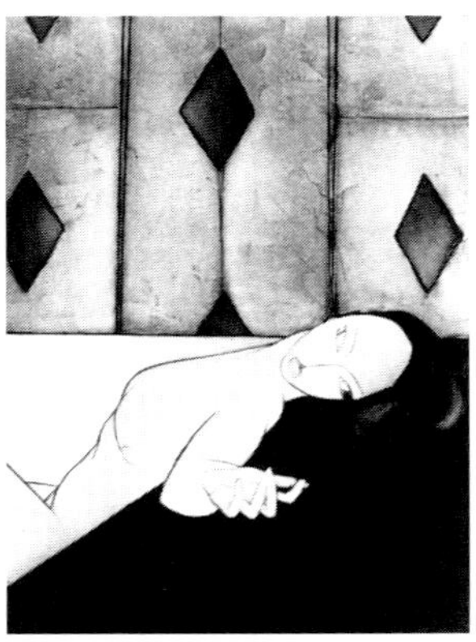

"Le Nu aux Losanges"
Collection privée

"La Seine en banlieue". 1961
Emulsion-tempera sur toile 81x54 cm (25 M)
Collection particulière - U.S.A.

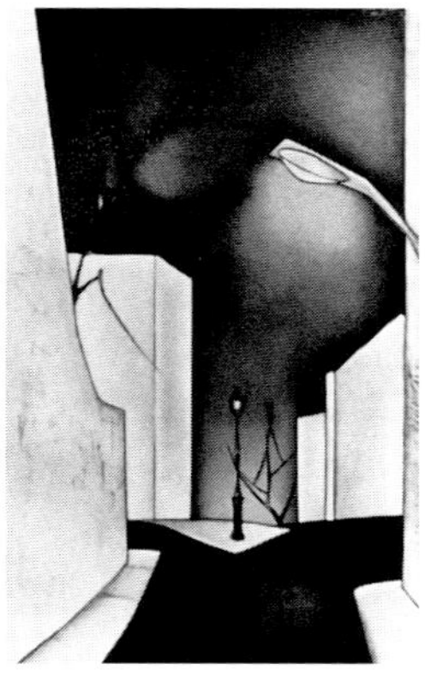

"La Rue la Nuit". 1961
Tempera sur toile 73x50 cm (20 M)
Collection particulière - U.S.A.

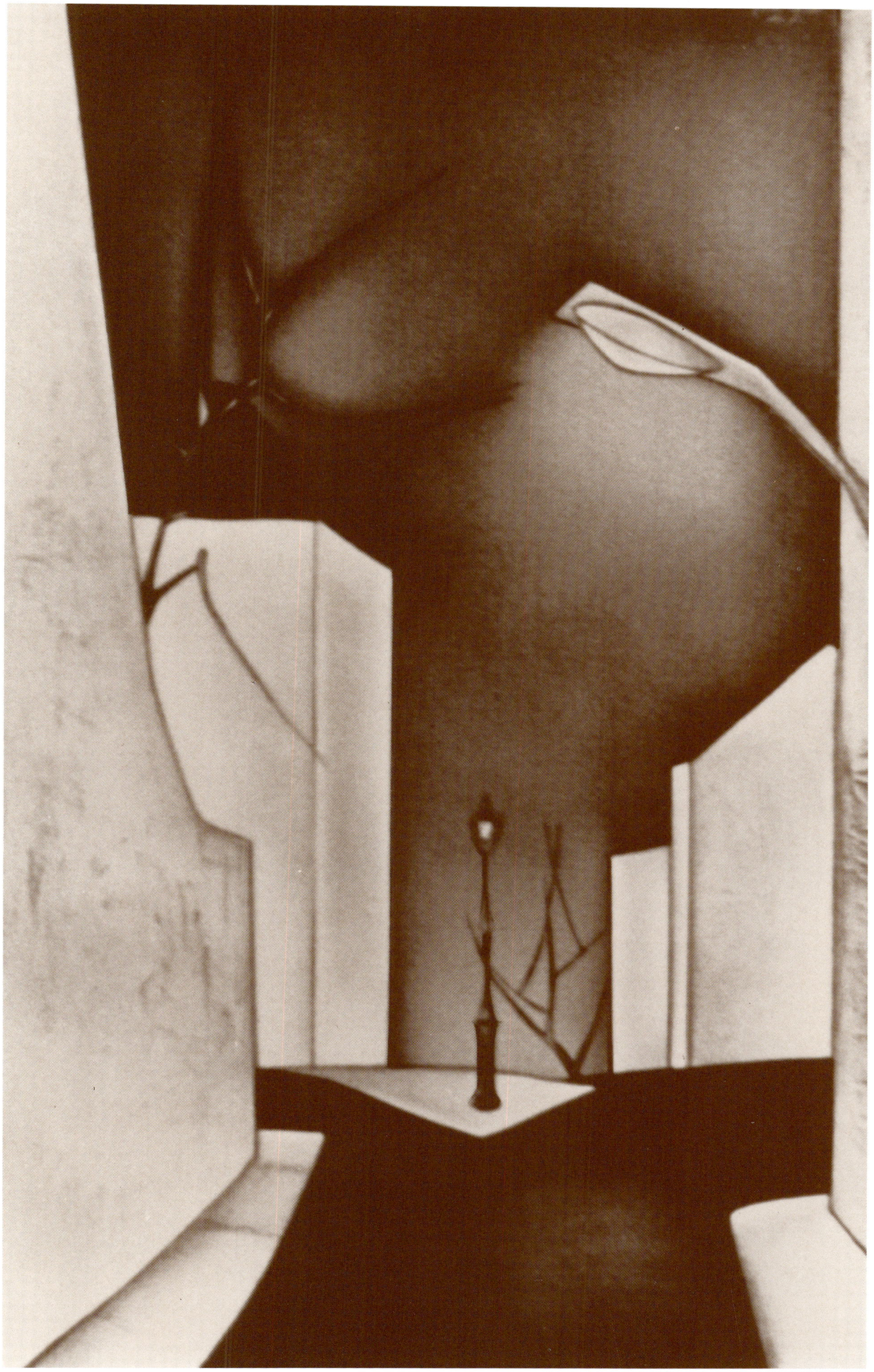

"Le Kiosque à musique". 1961
Tempera sur toile 92x60 cm (30 M)
Collection particulière - U.S.A.

"La Prière". 1961
Huile sur toile
Collection privée - U.S.A.

"Nature morte au téléphone". 1961
Tempera sur toile 92x73 cm (30 F)
Collection particulière - U.S.A.

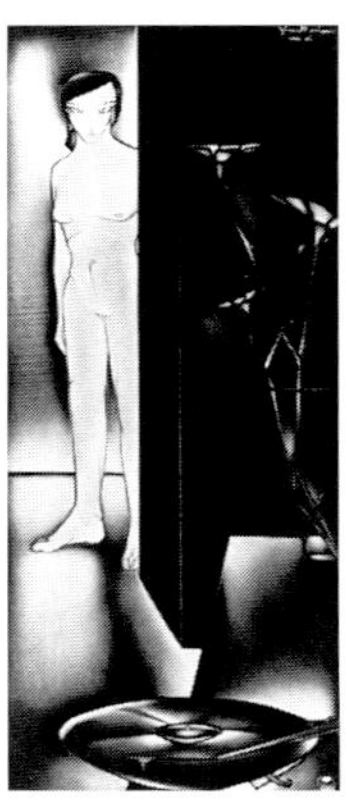

"Concerto N°3 de Prokofiev". 1961
Huile sur toile 104x48 cm
Collection particulière - U.S.A.

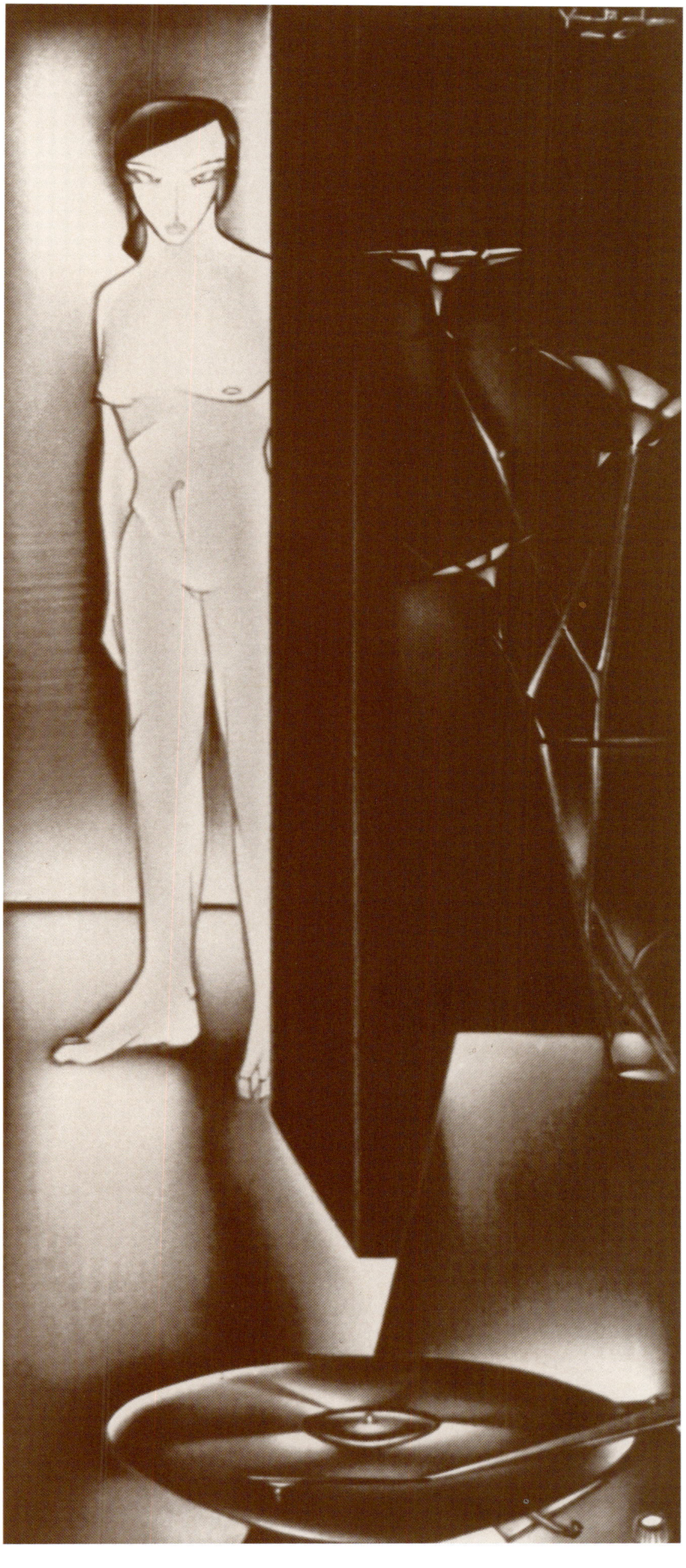

"Femme au Fruit". 1961
Huile sur toile 81x65 cm (25 F)
Collection particulière - U.S.A.

1962 : "PURETE", "HOMMES SUR LA PLAGE",...

Samuel E. Johnson a obtenu raison.

On reconnaît partout la même haute facture, mais il n'y a jamais répétition, exploitation systématique de mines.

Les sujets se varient à l'infini.

Le thème va de l'incomparable "LA CONVALESCENTE" de 1959 à l'étonnant "LE PROGRAMME" de 1961, de la très naturaliste "TETE COUPEE SUR TABLE" de 1961 au très grec "L'ADOLESCENT ET L'ENFANT" de 1963.

Avec "L'ADOLESCENT ET L'ENFANT" (1963), il s'agit même de l'un de ses plus émouvants tableaux. Nous sommes désormais fort loin du premier Yatridès, le Gauguiniste, qui, il est vrai, déjà, non seulement absorbait la manière de concevoir Gauguin, par taches composantes, mais savait approfondir aussi son interrogation, par le moyen de taches colorées réparties selon un certain ordre *volontaire :* au vrai, ce que donnait Gauguin par touches, lui, il l'assimilait par pèlerinage. L'homme accède à la pleine maîtrise de son génie. Le ciel couvre toute la gamme des bleus, comme en se jouant, du plus pâle au plus endeuillé. Le parallélépipède rectangle, très familier de ce pinceau, rêve sur l'horizon, avec d'autres figures géométriques. "L'ADOLESCENT" regarde sa main, agrandie par le jeu de la perspective, jusqu'à devenir le centre du tableau : une main qui parle. "L'ENFANT", assis sur un escalier, nous tourne le dos pour observer passer dans le ciel une plaque, très allongée, une plaque toute simple, mais une plaque contenant tous les rouages génétiques, toutes les connaissances, toutes les prophéties, idéale promesse de toutes les illuminations. Cette même plaque qu'adopteront Kubrick et Clark cinq ans plus tard, en 1968, dans "*2001 : Odyssée de l'Espace*" et dont Kubrick se fera un triomphe cinématographique. Déjà par là, nous atteignons aux grandes visions cosmiques.

Il travaille comme un forcené.

Vous m'avez fait forçat, écrit-il à Samuel E. Johnson.

Tu n'es plus qu'un possédé, se désole Florence.

Et de nous donner "CHRIST, LEÏCA ET ORANGE" (1963). C'est à la fois du Dali, du Raphaël et du Modigliani. Les trois sujets sont sur la même diagonale. Ironie du monde. Le Christ, du profil, est crucifié sur un parallélépipède rectangle en perspective, à distance, en second plan, près d'un pagne blanc abandonné sur le sable. L'orange, soleil du tableau, est dans la main droite d'une forte jeune femme qui, levant le bras gauche, s'étonne comme si elle découvrait un miracle : cette orange, et non ce Christ, auquel elle tourne le dos. L'appareil

"Pureté". 1962
Huile sur toile 65x54 cm (15 F)
Collection particulière - France

"Personnages sur la Plage". 1963
Huile sur toile 100x65 cm (40 M)
Collection particulière - France

"La Convalescente". 1959
Huile sur toile 100x73 cm (40 P)
Collection particulière - France

"Le programme". 1961
Huile sur toile 73x55 cm (20 P)
Collection particulière - France

"Tête Coupée sur Table". 1961
Huile sur toile 73x54 cm (20 P)
Collection particulière - France

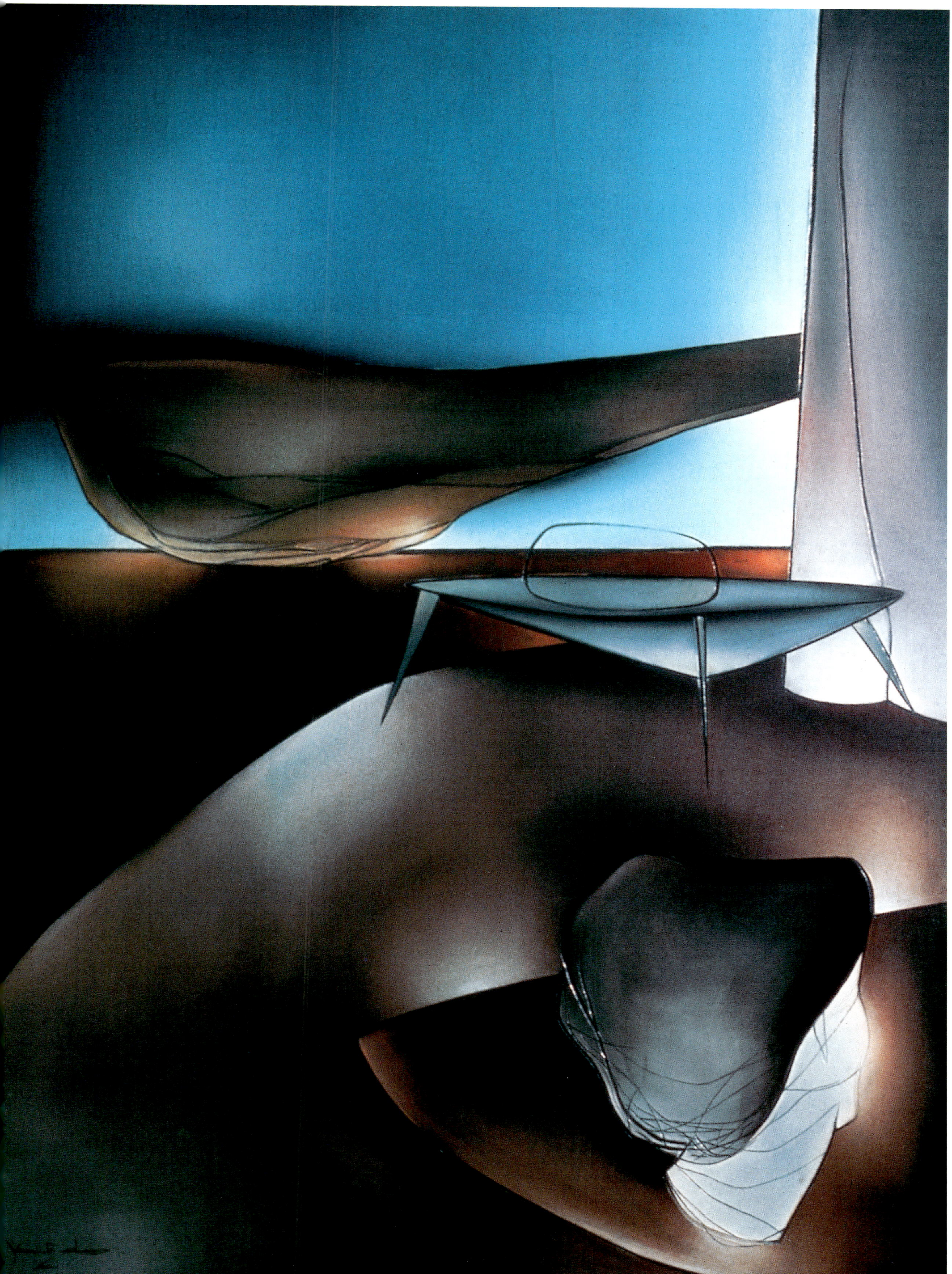

"L'adolescent regarde sa main, agrandie par le jeu de la perspective, jusqu'à devenir le centre du tableau : une main qui parle. L'enfant, assis sur un escalier, nous tourne le dos pour regarder passer dand le ciel une plaque, très allongée, une plaque toute simple, mais une plaque contenant tous les rouages génétiques, toutes les connaissances, toutes les prophéties, idéale promesse de toutes les illuminations.
C'est cette même plaque qu'adopteront KUBRICK et CLARK cinq ans plus tard, en 1968,dans "2001 : ODYSSEE DE L'ESPACE", et dont KUBRICK fera un triomphe cinématographique. Déjà par là, nous atteignons aux grandes visions cosmiques".
En 1985, "2010 (ODYSSEE DEUX)" de Peters HYAMS prolonge l'Odyssée. La plaque par ses dimensions physiques, voire mystiques, s'identifie pleinement avec celles de YATRIDES, les premières "matrices" de 1963.

"L'Adolescent et l'Enfant". 1963
Huile sur toile 100x 81 cm (40 F)
Collection particulière - France

"Christ, Leïca et Orange". 1963
Huile sur toile 92x73 cm (30 F)
Collection particulière - France

photographique, net, brun, d'un cuir riche, portrait même de la plus lourde science, pend sur le giron de la jeune femme, suspendu par courroie à son cou. Vous ne savez plus quoi admirer davantage. Le Christ est bloqué dans son effrayante solitude. Cette équerre implacable est plus cruelle qu'un clou. Le corps de la jeune femme exprime toutes les santés. Les fameux yeux faussement vides - les yeux de Yatridès - sont totalement fascinés par le fruit, qui étincelle comme une boule de braise. Contrairement à ce qui aurait pu se craindre, l'appareil photographique n'est pas saugrenu. Une montagne bistre, telle un chameau nostalgique, s'allonge sur l'horizon. Des hiéroglyphes, peut-être mayas, ou égyptiens, légers, comme menacés de s'effacer, courent sur un sable tantôt doré, tantôt roussi. Du coup, vous croyez reconnaître des hiéroglyphes, tracés de main de Dieu, ou peut-être rayons timides d'un astre qui ose à peine se lever sur la scène, dans le ciel d'apothéose qui domine l'ensemble. Rarement artiste aura peint un si beau ciel, tout en nuances et en divins dégradés, près d'un si beau sable, avec de telles ombres progressives et de telles flaques de lumière qui voudraient sans doute ainsi mieux indiquer la trace des larmes du martyre. L'ensemble tient de la plus sublime inspiration. Un doigt de Dieu a pu guider le travail. Et qui donc saura jamais comprendre à la perfection ces yeux, ces fameux yeux ? D'abord, on pense à ceux de Modigliani. Ils sont aussi sans pupilles. Ils s'inspirent moins des statues de la négritude que des visages de la Perse antique, du reste avec le même dessin de la face en ovale et le même front dominateur. Mais les yeux de Modigliani sont rigides comme des glaces qui réfléchissent. Un peu bombés, autant rencontrer le regard de la mante religieuse. Ceux de Yatridès se fixent en vérité à l'opposé. Ce sont des sphères qui évoluent dans un logement exactement prévu pour elles. Ils tiennent plus de la chouette que de la mante. Ils ont beaucoup plus de puissance d'envoûtement. Ce regard perce toutes les nuits.

Et de nous donner "Tranches de pasteque en croix" (1966). Symphonie sombre après symphonie claire et petit dans grand rectangle. Jeu de géométrie et de pénombres. Sur le petit rectangle à fond brun, qui se découpe dans le coin supérieur droit, une jeune femme, aux trois-quarts de profil et de dos, observe on ne sait quoi de l'autre côté de la toile, on ne voit rien de son visage, on réalise simplement qu'elle est bien en chair et, vu l'état de ses cheveux et son déshabillé, on imagine qu'elle en est à son lever. L'ensemble du petit rectangle fixe la partie la mieux éclairée du tableau. La tranche de pastèque, plus écarlate qu'une grenade bien mûre, impose la seule couleur qui ne relève pas de bistre ou de gris. Un ciel de soufre domine un paysage de montagnes douces. On ne sait au juste en quoi consiste tout ce qui se mêle sur le bas de la toile : un bloc de marbre, un long parchemin vierge, un coin de table. Surtout, une nouvelle fois, on vérifie que Georges Yatridès est décidément le peintre du ciel et de la terre. C'est encore le Professeur Sacha Bourmeyster qui l'aura le mieux dit : *"La terre*, une surface aux reflets métallisés, comme vitrifiée, impropre à toute culture,

"Tranches de Pastèque en Croix"
Huile sur toile 100x81 cm (40 F)
Collection particulière - France

"Sommeil dans un paysage". 1973
Huile sur toile 92x73 cm (30 F)
Collection particulière - France

"Le Supplicié à l'Astre". 1973
Huile sur toile 116x73 cm (50 M)
Collection particulière - France

"La Fontaine et le Couteau". 1973
Huile sur toile 92x60 cm (30 M)
Collection particulière - France

"Stéthoscope et Noix". 1973
Huile sur toile 92x73 cm (30 F)
Collection particulière - Angleterre

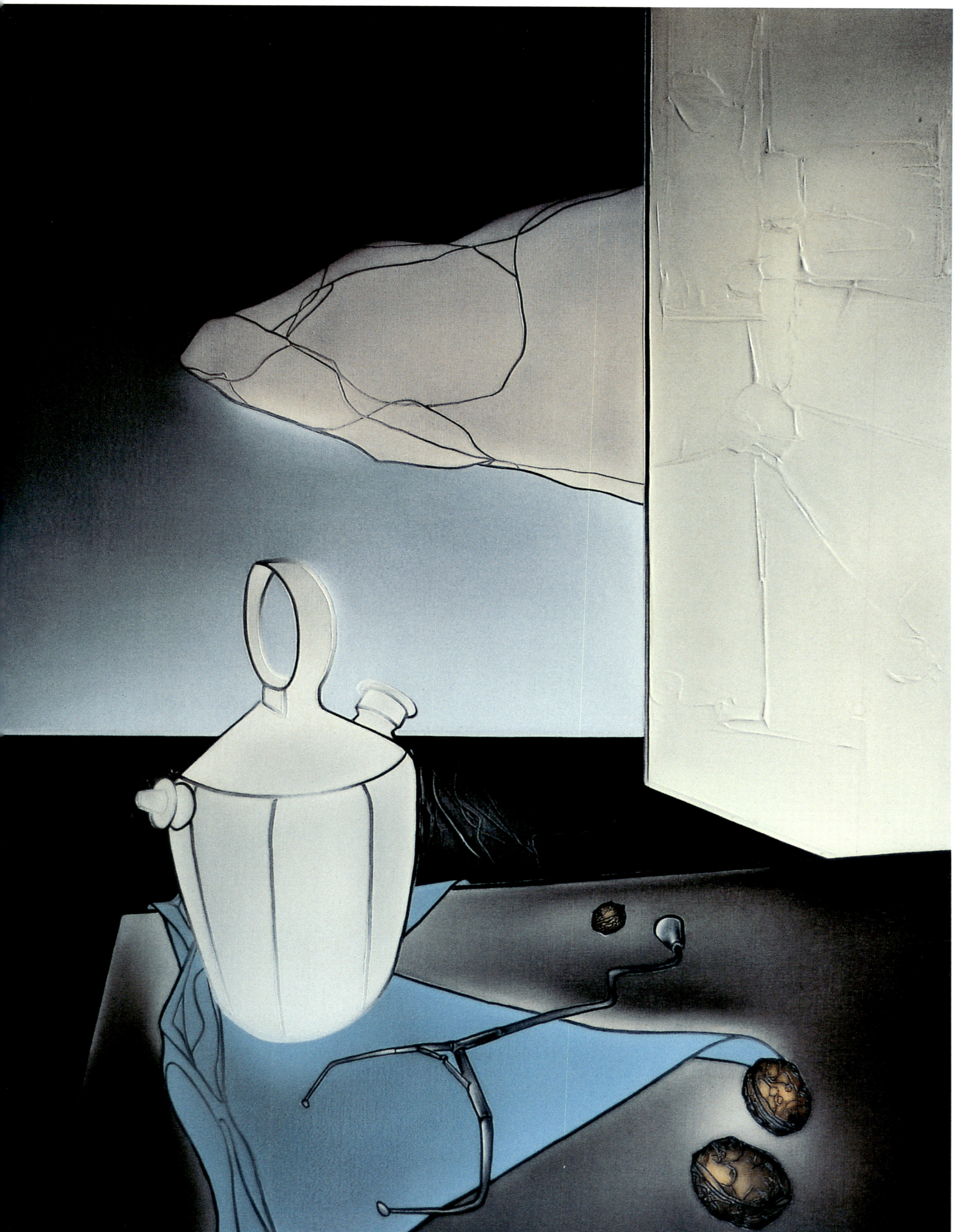

"La Fontaine". 1973
Huile sur toile 81x60 cm (25 P)
Collection particulière - France

"Apostasie". 1973
Huile sur toile 100x81 cm (40 F)
Collection particulière - France

"Le Canard à la Lorgnette".1977
Huile sur toile 92x65 cm (30 P)
Collection particulière - France

"Restez vigilants" (I Pierre 5:8). 1973
Huile sur toile 92x73 cm (30 F)
Collection particulière - France

"Et la Mort ne sera plus" (Rév. 21:4). 1973
Huile sur toile 116x81 (50 P)
Collection particulière - France

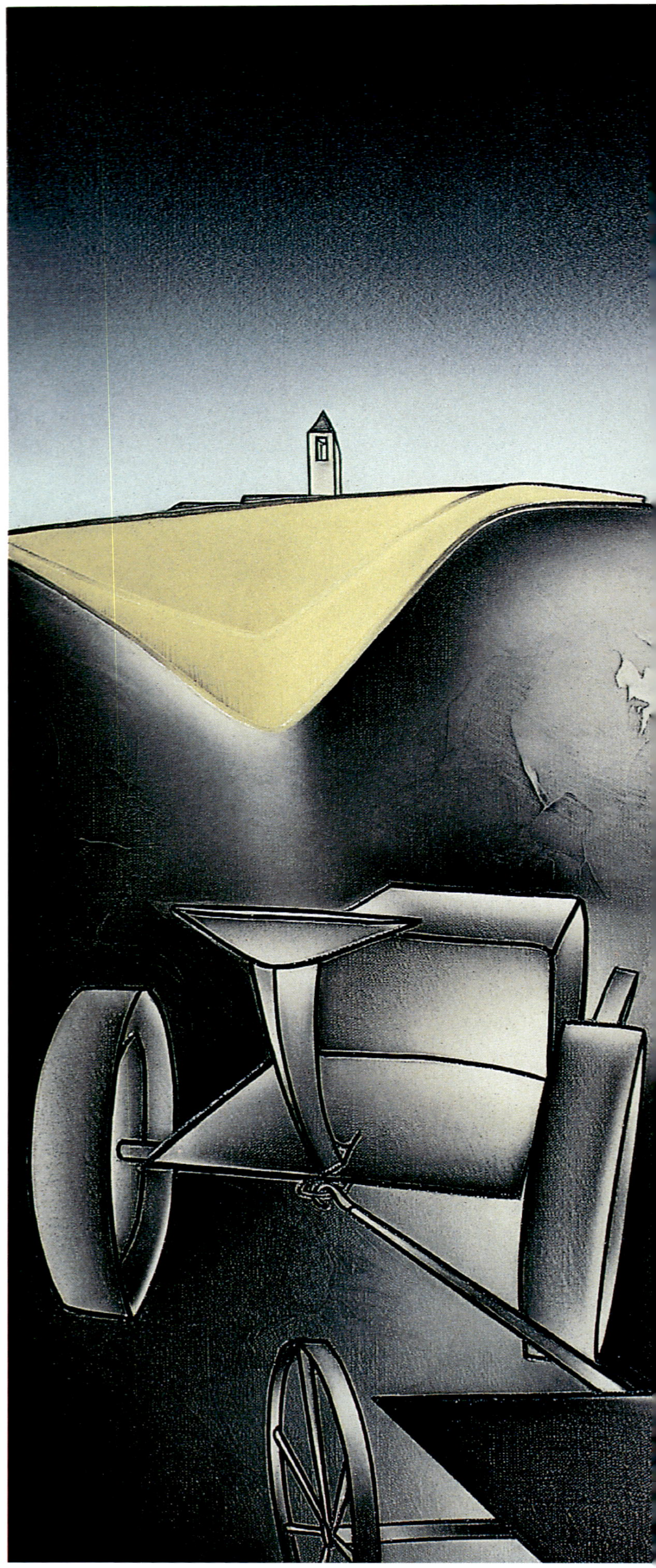

"Hommages à Breughel". 1973
Huile sur toile 100x73 cm (40 P)
Collection particulière - France

"La Pain Biblique". 1973
Huile sur toile 92x60 cm (30 M)
Collection particulière - France

Tous les critiques le présentent comme l'un des Maîtres de cette fin de siècle, de Chicago à Mexico, d'Athènes à Genève, de Londres à Rio.

L'importance de Yatridès dans le monde de l'art est immense, proclame Gregory Juarez.

Clifford A. Boher s'extasie que "Yatridès, grâce à la maîtrise de son art pictural et graphique parvienne à définir une dimension globale du temps, depuis les origines de la Matière et de l'Homme, jusqu'aux frontières de l'Eternité".

Voici le peintre hors du tumulte, chante René Char, en son refuge de l'Isle-sur-Sorgues.

Vous verrez, il restera parmi les plus grands, je dis bien : les plus grands, affirme Samuel E. Johnson.

Dès 1965, il peut figurer dans l'Exposition de Chicago qui groupe cinquante-quatre maîtres les plus glorieux du monde entier.

Mais Yatridès, si fervente que soit sa passion, doit, comme il le dit lui-même, "s'arracher les tripes".

En vérité, c'est qu'il nie le médiocre, dans l'intention comme dans l'exécution. Il récuse aussi férocement le dérisoire, ses sujets ne sont pas choisis selon le caprice du jour, ou l'amusette de la mode. Il ne joue pas : il veut. Et que veut-il ? Il veut l'aventure de l'homme. Dans chaque toile, il entend enfermer *toute* l'épopée. Vous ne l'apprenez pas seulement quand il couche en croix sur les quatre horizons le formidable "SUPPLICIE" que l'astre lui-même, jaunâtre de confusion, n'ose pas venir regarder, au point de rester caché au fond d'un pathétique ciel bleu-nuit : vous croyez pourtant alors découvrir l'Homme dans sa plus vaste dimension, étiré dans sa souffrance jusqu'à l'infini de l'inimaginable. Le "PAIN BIBLIQUE", tout croustillant, à peine sorti du four, en confrontation avec trois cerises, n'est pas seul à vous signifier l'enjeu d'éternité, lui, pauvre pain éphémère, mais non moins triomphant que le paysage somptueux où il s'enveloppe, ciel abîme, nuages paradoxalement sûrs d'eux-mêmes, montagnes devinées, sol que les dieux se sont amusés à labourer : pour la simple raison qu'au regard de l'Eternité, la durée d'une montagne n'est pas moins dérisoire que la durée d'un pain. Au vrai, chaque toile a l'ambition d'enfermer *tout le Temps*. Le pain biblique, à mi-distance entre l'heure de départ de l'Homme et la date de son dernier rendez-vous, porte le même enseignement éternel que telle jeune femme qui dort tandis qu'un ciel mauve s'illumine de vains éclairs, telle jeune femme mystérieuse près d'une orange on ne sait pourquoi percée de branchages, ou tel couteau, vulgaire comme une cuisine, posé sous une grenade dont l'architecture n'est pas moins fignolée et harmonieuse que celle de l'univers lui-même. Tout sujet est occasion de contemplation universelle, même l'hommage tumultueux à Brughel, qui n'est pas du tout circonstance, mais fin en soi, pour mieux être enseignement infini.

De là, d'ailleurs, vient cette impression générale de tristesse qui pèse sur toute l'œuvre. Etrangement, l'optimisme de Yatridès pleure. Cet artiste a le dessin le plus net, les couleurs les plus joyeuses, la fantaisie la plus libre, la conviction la plus profonde en l'honneur de l'Homme, et il y a pourtant oppression sur chaque toile. Naturellement, on se dit que l'effet en est dû aux trois influences déterminantes, puisqu'il se trouve que la Grèce antique est rarement gaie, que l'écrasement menace sans cesse la Négritude et que les Mayas sont des artistes de l'épouvante. Il n'en reste pas moins qu'aucune de ces jeunes femmes, malgré leur magnifique santé, ne rit ni ne sourit. Tout est grave. Peut-être aussi en garde-t-on le sentiment que parce que chaque tableau, si frais puisse-t-il être, est fresque et cérémonie. C'est l'anti-pagaille. Le culte des rites et de l'organisation y préside. Beaucoup de toiles sont même théâtrales, solennelles. Du Sophocle joué à Delphes. Bruit lancinant de tam-tam dans la nuit étoilée. Splendeurs d'un temple sacrificatoire au Mexique. Il est trop vrai que chaque œuvre a le parfait, ensemble et dentelles, d'une cathédrale d'une nouvelle renaissance. Force est toutefois d'entendre battre le cœur du démiurge douloureux qui enfante.

De surcroît rien ne va sans la technique la plus minutieuse.

C'est du cousu-main.

Léonard n'a pas travaillé avec plus de passion pour les moyens techniques à mobiliser, avec plus de résolution à trouver les matériaux nouveaux qui soutiendront mieux la pérennité de l'ouvrage ou la perfection de l'œuvre terminée.

Par exemple, comme support, Yatridès n'emploie jamais qu'une toile de lin vierge qu'il fait venir spécialement du Centre d'Europe, voire de Russie. Il fait également spéciale commande dans les usines belges de la plus grande part de ses matières de travail, notamment les pigments métalliques ou minéraux pour élaborer ses couleurs. Il apprête lui-même la première émulsion, en général eau et huile, afin d'être sûr qu'elle sera parfaitement absorbante des émulsions et des couleurs qui succéderont. Il n'en apprête pas moins aussi, avec autant d'application et de science, la deuxième émulsion, laquelle submerge entièrement le dessin tracé à l'encre de Chine. Il sait dans quelle proportion exacte la deuxième émulsion doit être plus grasse que la première. Avec la même rigueur, il retrouve le dessin "noyé", comme en seconde naissance, de jet, car le délai est très limité sur le modèle du dessin canevas posé près de lui : en quelque sorte, il reconstitue un troisième dessin au miroir du dessin de départ.

Il a mis scientifiquement au point le procédé tixothropique, autrement dit "des sables mouvants". Posez un caillou sur des sables mouvants : il reste à la surface. Faites-le tant soit peu bouger : aussitôt, il s'enfonce, tout lentement, dans la glu. En quelque sorte, Yatridès obtient ainsi une "possession" totale de l'objet-sujet par la matière : du reste, on peut soupçonner Léonard d'avoir approché le procédé, à partir de ce qu'il appelait l'huile de noix, et d'avoir découvert par pur empirisme les résines permettant de reconstituer sur la toile le phénomène des sables mouvants.

Il ne cesse de travailler avec les plus grands chimistes comme avec le Centre d'Etudes Nucléaires de Grenoble. Ainsi a-t-il pu obtenir une résine complexe, qu'il peut considérer comme tout près de la perfection : il n'achète jamais les huiles en tubes des marchands ; il les juge trop amorphes, autrement dit criminelles. Ainsi a-t-il pu dissoudre l'ambre à froid (comme l'ont d'ailleurs fait peut-être avant lui Van Eyck et Stradivarius), pour disposer d'un agglutinant qui donne une incomparable lumière pâle et une formidable plasticité.

Il est aussi savant qu'artiste. Il ne cesse pas de poursuivre des études scientifiques sur les couleurs, les encres, les plans, les perspectives. Il effectue de longs séjours en Angleterre et en Allemagne essentiellement pour prendre contact avec les plus grands savants ou ateliers ou laboratoires spécialisés de la lumière et de couleur. En particulier, il reste en liaison permanente avec les laboratoires de Munich, dont il suit du plus près les travaux sur "l'optique" ou "le cérébral". Il procède fondamentalement à partir de travaux rigoureusement scientifiques pour obtenir le trait le plus aiguisé ou le jaune le plus ensoleillé de l'intérieur. Il n'a pas son égal pour disserter sur les travaux scientifiques spécialisés en la matière, par exemple sur ceux du chimiste américain Willard Franck Libby, professeur aux Universités de Chicago et de Los Angeles, qui, après avoir travaillé à la séparation des isotopes de l'uranium et s'être fait une spécialité des mesures de radio-activité dans les tissus vivants, expliqua la formation du tritium dans l'atmosphère, puis celle du fameux carbone 14, ce qui le conduisit à découvrir la méthode de détermination de l'ancienneté des objets fondée sur le dosage de cet isotope, méthode infiniment précieuse pour les recherches de géologie, d'archéologie, de paléontologie et de géophysique et ce qui lui valut le Prix Nobel de Chimie pour l'année 1960. Il faut notamment l'entendre expliquer que le procédé ne permet pas de déterminer d'autre date absolue que l'année 539 avant Jésus-Christ, où les armées de Cyrus entrèrent dans Babylone, littéralement sans coup férir, et comment il en devient vain de rechercher des datations exactes possibles au-delà de la première dynastie des Pharaons. Il n'en devient pas moins un fervent du carbone 14, quand il recherche les moyens d'assurer perpétuité à ses propres œuvres.

Tout est pesé, calculé, minuté.

Il n'est pas que savant : il devient si savant qu'il pourrait parfois en sembler alchimiste.

Il a la main du magicien quand il peint avec couches sur couches qui prennent les unes sur les autres jusqu'à donner une impression de profondeur incalculable.

Il porte la passion du sorcier quand il opère sur ce damné "violet" qui n'existe pas dans la nature et qu'il faut subtilement et sauvagement réduire à merci, avec toutes les nuances les plus incandescentes, du plus pâle au plus nocturne, par le seul appui d'une meute de bleus, de rouges, de jaunes et d'orangés. Merveille : chaque couleur est portée par son agglutinant propre, couche translucide sur couche opaque et transparente sur translucide. En quelque sorte, les couleurs sont appliquées physiquement et non chimiquement. Simplement, elles sont toutes à des distances différentes de la rétine, laquelle les décèle toutes avant d'en faire la synthèse, ce mélange optique étant bien entendu plus rapide que la lumière elle-même. Par exemple, tel bleu, chargé de plus d'agglutinant, devient donc plus transparent sur un rouge moins chargé en résine : cela vous donne un violet froid. Procédez à l'inverse : vous obtenez un violet chaud. "Ah", dit-il, "savoir à fond... saisir à fond... Léonard ne serait pas Léonard s'il n'avait été mathématicien, physicien, chimiste, astrologue, médecin..." Et dire que le chemin qui va du cerveau à l'œil de l'homme est gris... gris comme le brouillard de Londres... Il n'y a aucune fleur... Mais tu regardes le soleil en face... ou tu essaies... et alors tu fermes les yeux. Bon... La-dessus, tout aussitôt, tu regardes une feuille blanche... que vois-tu ?... Une ronde de cercles, éblouissement ! Puis deux cercles... l'un, jaune initial "mémorisé" et restitué... et... l'autre, l'entourant, le violet... parfaitement, le jaune que tu peux trouver partout et le violet que tu ne trouves nulle part... Oui, là est le miracle : le cerveau a inventé ce violet sans que l'intelligence ne s'y emploie, mais un violet spécifique, dosé de telle sorte que son mélange avec la quantité et l'intensité du jaune enregistré, donne du gris... une sorte de répit qui efface physiquement cet enregistrement global avant d'en réaliser un autre. Ceci bien sûr, à une vitesse prodigieuse, mieux une vitesse nulle quasiment... c'est un phénomène instantané... Evidemment, pour regarder le soleil il a bien fallu subir les vibrations de la lumière, à quelle vitesse déjà... mais après !..."

Voilà justement notre homme : inventer des "violets", par des voies inattendues... Si je ne parlais que du violet !...

"Tiens, l'une de mes plus grandes joies aura été d'inventer du jaune foncé, presque noir, sans jamais obtenir de vert... Comme ça, à force d'amour et de patience... Tu interviens à tous les niveaux de la couleur sans jamais la détériorer, sans jamais cesser de l'éclairer et de l'approfondir : alors seulement tu touches à la joie des vrais créateurs... J'aime le dessin, le crayon, l'encre, mais, mon Dieu, inventer une couleur, un jaune paille, un mauve cendre, un noir lumineux !... Et mon vert Véronèse, hein, "mon" vert ?... Je l'ai mis dans "Jeune femme dans son reve", ou "Le royaume de dieu"... Cela restera l'une de mes plus fortes joies d'avoir créé "mes couleurs"."

Il en prend la voix extasiée du prophète.

Physiquement, à la première apparence, il fait pourtant plutôt jeune homme tout sage et tout bloqué dans on ne sait quelle réserve profonde. Ne vous attendez surtout pas à découvrir le rude masque à longue barbe d'un mage, la face amère et bouleversée d'un Rembrandt ou le regard éperdu d'un Utrillo. Vous avez devant vous un garçon tout-à-fait classique, visage régulier et imberbe convenablement apollinien, casque de cheveux noirs bien alignés, nez droit, profil traditionnel de l'Européen moyen. Vous ne pouvez découvrir d'exceptionnel que, parfois, l'embrasement des yeux, feu noir et les longues mains "pour cithare". Ni toge du prédicateur, ni haillons du maudit : une tenue tout à fait décontractée, mais toujours correcte. L'homme, habituellement, donne le portrait du boulonneur tranquille.

Mais vous ne savez que trop que, seul, un passionné forcené a pu donner - c'est de 1977 - "La creature aux fleurs" qui, sous sa sérénité apparente, révèle la plus étonnante et la plus fascinante intensité. La toile se partage en deux rectangles dans le sens de la longueur. Celui de gauche abrite deux fleurs à longue tige dans un vase d'un cristal quasiment irréel. Les feuilles sont noires, on les croirait en métal, des lames en vieux fer. Les deux fleurs sont du même orangé dégradé, sauf que l'une s'épanouit à l'horizontale, symbole d'heureuse opulence, et l'autre ne veut exister qu'en élan, signe d'invincible espérance. Aucune ride ne tracasse le mur qui fait fond et qui laisse à deviner toutes les nuances de gris, depuis la bure ombrée de gauche jusqu'au mauve infiniment délicat qui court sur la ligne, frontière des deux rectangles. Le rectangle de droite est la vaste fenêtre d'une jeune femme, qui rêve, yeux clos, tête inclinée sur l'épaule, et comme ses sœurs des autres tableaux, à la fois Néfertiti, Joconde, Maya et Congolaise. Le visage ? Un triangle qui rêve dans un rectangle. Au lointain, vous voyez s'avancer un nuage, menaçant comme une gueule de brochet, dans un ciel somptueux où l'artiste-chimiste a une nouvelle fois parcouru magiquement toute la gamme des bleus, du plus endeuillé au plus véronèse. Seule la terre, toute craquelée comme un sol de marécage, est parcourue de traces. Il n'y a que deux ruptures dans le partage entre les deux rectangles. En bas, la table pourpre, ridée de noir, sur laquelle s'appuie "la créature", traverse tout, d'un angle hardi, singulièrement aigu, et l'on se demande par quel secret virtuose le vase sait y garder place. En plein centre du tableau, à la rencontre exacte des deux diagonales, une feuille-lame de la fleur perce la frontière et joue à piquer l'épaule de la jeune femme, qui se retourne vers elle... Telle est la beauté de l'instant : une

"Le Royaume de Dieu". 1978
Huile sur toile 92x73 cm (30 F)
Collection particulière - France

"La Créature aux fleurs".1977
Huile sur toile 73x60 cm (20 F)
Collection particulière - France

pauvre feuille, qui va perdre toute vie, traverse un mur et appelle la créature, laquelle, piquée ou chatouillée, perd tout intérêt pour le magnifique paysage que vous, vous continuez à contempler. On ne peut pas plus intensément figurer l'heure fugitive, et, de surcroît, toutes les couleurs sont invitées à la glorification de ce millième de seconde. Tout est au rendez-vous de ce qu'il y a pour l'homme de plus beau au monde, le brun de la croûte de pain frais, le gris de la cendre chaude, la peau lisse d'une jeune femme, le rouge de la grenade, l'éclat de la fleur, la lumière trouble de l'insondable, la feuille d'automne, le ciel de printemps.

Seule une âme dense et tourmentée a pu tout d'un coup saisir la valeur d'éternité d'un mouvement si éphémère.

Fatalement, sur une telle âme, les tempêtes ne peuvent pas manquer.

En effet, elles se succèdent les unes aux autres.

Un jour, épuisé, il manque se suicider : par somnifères.

Un autre jour, excédé de lui-même, il se brise volontairement la main droite, celle qui peint, ne trouvant pas suffisant de briser l'œuvre qu'il vient d'achever, acharné aussi à briser l'instrument coupable qui l'a révélé. Ou, aux suites d'un accident de voiture, il perd la vue durant six jours, enfer des enfers, en attendant d'être obligé de remplacer le cristallin de son œil gauche par un substitut en matières plastiques.

Un autre jour, au terme de disputes qui se sont aggravées d'année en année, il rompt et divorce avec Florence. Trop de scènes ont succédé à trop de scènes, dans le petit appartement coquet du 10, cours de la Libération, comme dans la maison dauphinoise achetée dans les Alpes, à mille mètres d'altitude, à Lans-en-Vercors. Il y a mis beaucoup du sien. Ayant besoin de belles femmes comme modèles, il en fait régulièrement et cyniquement, ainsi qu'il le dit, des maîtresses, des semi-maîtresses et des quart-de-maîtresses. Possédé par son art, il a consacré trop peu d'instants à fleurir la vie d'une épouse, à qui il abandonne totalement l'éducation des deux fils. Il en est venu à ne plus supporter d'être distrait un seul instant d'une œuvre qu'il poursuit avec le sentiment d'un maître dont l'histoire devra saluer la grandeur. Florence a elle-même quelque responsabilité dans la déchirure. Elle n'a pas compris que "dévorer des modèles était purement animal" et que "l'amour qu'elle appelait n'en était en aucune manière atteint". Elle s'est trop facilement désespérée, sans jamais réagir, de ne plus participer aussi absolument que durant les premières années du mariage au travail de création de son mari. Non seulement elle a été jalouse de ces femmes en tant que femmes et de cette carrière, parce que carrière trop possessive, mais, en quelque sorte, elle a été jalouse des stades intermédiaires : elle n'a pas supporté que des femmes pussent *voir naître* des tableaux, qu'elle ne découvrait plus elle-même qu'une fois terminés. Elle en était venue à pleurer tous les soirs. De plus, un hiver, elle s'était fait bloquer dans Lans-en-Vercors par la neige. Elle y était restée durant de trop longs mois. A la fin des fins, il n'y a pas d'autre solution que la rupture définitive.

Un autre jour, il apprend la mort de sa mère et de son beau-père, intervenue dans les circonstances à la fois les plus dramatiques et les plus louches. Ils étaient en poste au Brésil, à Porto-Alegre. A quelques jours de prendre la retraite, ils étaient allés dans l'intérieur des terres prendre livraison d'un lot de pierres précieuses et semi-précieuses, cadeaux pour les enfants. Accompagnés d'un garde, commis à leur protection, ils s'en retournaient en ville à bord de leur énorme Mercédès. Heurtés de l'arrière par un camion qui, soi-disant, aurait perdu ses freins, ils roulèrent dans un précipice de soixante mètres. De leurs corps, on ne retrouva que des débris. Signe inquiétant, le garde ne s'en tira, ayant, dit-il, sauté à temps, qu'avec une clavicule brisée. Autre signe qui laisse bien des interrogations, lorsque les corps sont rapatriés à Paris, la famille se voit frappée d'interdiction de les reconnaître quand elle se présente au funérarium. Du coup, la plus grande perplexité en demeure. Louis Pannier n'aurait-il pas été victime de trafiquants de pierres ? Aurait-il plutôt payé la grande activité qui fut la sienne dans les services secrets, durant les années soixante, en Afrique du Sud ? On sait que, depuis quelques mois, il était l'objet de menaces. De qui ? D'amis ou d'adversaires du gouvernement brésilien ? Personne ne le saura jamais. Il reste que, pour le fils, l'épreuve est lourde.

Il décide de refaire sa vie. Il épouse Françoise Malleval, fille d'un ébéniste de Valence. Il l'installe gaiement dans son atelier, rue Pierre-Termier, puis dans un appartement au 2, cours de la Libération. Elle est aussi brune que Florence est blonde. Une fleur de Provence. Elle est tout heureuse de vivre une telle aventure, près d'un tel créateur. C'est une femme d'âme, d'une exceptionnelle sensibilité. Mais tout n'est rose qu'un certain temps. Françoise tient à passer ses fins de semaine dans la maison paternelle, au milieu d'une famille fortement structurée, à laquelle l'artiste, si sympathique et chaleureuse soit-elle, ne parvient pas à s'intégrer, lui fils d'une famille éclatée. Pas davantage que Florence, si exquise soit-elle, elle ne sait pas lui laisser la liberté totale qu'il réclame aux moments les plus possédés de son travail. De fait, aussi, il ne s'est pas consolé d'avoir perdu Florence et Françoise le sent. Le second mariage sombre comme le premier. Françoise trouvera-t-elle un homme sous les pas duquel la terre ne semble pas trembler en permanence.

Il ne trouve pas plus de bonheur dans la solitude permanente. Il élit atelier au dernier étage d'un immeuble de la rue Joseph-Bouchayer, le bien nommé, dit-il, puisqu'il s'agirait de l'inventeur du bouton-pression. Il a beau avoir deux fils dont il est fier et qui lui donnent toutes satisfactions au plan de l'affection comme à celui du travail : Eric, "l'organisé" s'est fait prothésiste dentaire, fort savant dans l'art de la céramique et des implants ; Rodolphe, "le nomade", éternel voyageur, s'est découvert compositeur de musique, il recherche inlassablement nouveaux paysages et nouvelles sonorités, il aura joué son rôle dans la quête d'une forme élaborée de musique moderne. Il a beau également maintenir une certaine liaison avec Florence et il a beau cultiver les grandes amitiés, essentiellement avec des hommes capables de le comprendre, Sacha Bourmeyster, Samuel E. Johnson, Jean Leymarie, Jean-Charles Lignel, propriétaire du *Progrès de Lyon*, Jean Minet, qui a une importante galerie place Beauvau, René Char, le poète de l'Isle-sur-Sorgues, ou Henri Linard, restaurateur du Musée du Louvre (trop tôt disparu, en 1975), il n'en éprouve que plus cruellement les excès de la solitude qu'il s'est systématiquement imposée. Alors, le voici du coup se grisant de sciences. Il se met à se passionner pour les études d'anatomie. Il invente un appareil de kinésithérapie, dont on peut retrouver les brevets dans tous les pays industriels. Il se spécialise dans l'étude de la pyroformation des hydrocarbures. Après le long songe d'être Rembrandt ou Michel-Ange, il se met à rêver d'être Edison ou Marconi. Il effectue des stages de plus en plus prolongés dans les Laboratoires d'Applications Spéciales de la Physique, au Centre d'Etudes Atomiques de Grenoble qui, sous la responsabilité d'un ami cher entre tous, le grand chercheur Paul Perroud, met bénévolement à sa disposition son équipe d'expérimentateurs et un appareillage spécialement adapté. Il s'acharne à approfondir les mystères de la composition de la matière, de la lumière, du temps, de la couleur.

Sacha Bourmeyster est de loin son meilleur ami, depuis plus de trente ans. Ils se sont connus au Sanatorium des étudiants à St-Hilaire en 1952. Professeur à l'Université de Grenoble, il est l'auteur d'une thèse de doctorat sur la philosophie hégélienne en Russie. Il s'est passionné pour la politique, le théâtre sans jamais cesser de suivre de près l'extraordinaire aventure picturale de son ami Georges.

Spécialisé dans l'analyse du discours soviétique (la fameuse langue-de-bois), il cherche maintenant à appliquer ses connaissances sémiologiques à la peinture pour mieux révéler les ressources inexplorées des toiles de Yatridès.

Tous deux n'arrêtent pas de disserter sur les interrogations les plus vertigineuses de la métaphysique et le problème des origines de l'homme, le végétal matière première des premières matières, les prodiges du métal hydrogène, la naissance de Dieu, ou tout ce qui permet d'associer les matières inassociables, le masculin et le féminin, les matières hydrogénées et les matières carbonées.

Il reste navré de ne pas connaître en France la gloire qui est la sienne Outre-Atlantique. Certes, sa cote y est très élevée et son art familier des collectionneurs, des grands critiques et des marchands de tableaux. Le Yatridès a grand cours. Toutefois, son nom demeure ignoré du grand public. Sa fierté s'en accommode mal.

L'ensemble des épreuves crée bien des douleurs ou des amertumes.

Le sort du sanglier - totalement enfermé dans sa tanière - n'est pas à envier.

De surcroît, l'artiste est exagérément sensible aux tourbillons et menaces de l'actualité. Il respire mal dans l'atmosphère de suspicions et de sourdes angoisses qui caractérise cette fin de siècle. Il serait à plein bonheur dans une apothéose de paix. Il ne se sentirait pas dépaysé au plus fort d'une tornade épique. Il déteste cette ambiance trouble et équivoque où s'est installé l'univers. Même quand il retourne aux Amériques, il ne sait pas y retrouver le sentiment des interminables espaces et des vastes galops. Tout est devenu mièvre, marécageux, pestilentiel. L'humanité s'égare dans des heures sans sublime. Les sequoias cèdent la place à des broussailles de maquis ; l'on ne sait plus créer de vastes fleuves de l'invention ou de l'imagination ; tout croupit dans l'indéfinissable. Brejnev maquignonne. Carter pleurniche. La Chine grouille. Les petits tyrans plastronnent. L'Afrique s'ensommeille. La dictature bureaucratique, pieuvre des temps nouveaux, étend tous azimuts ses tentacules. Ah ! Ces masses de millions de domestiques qui demandent leur pâtée, ni moins, ni plus ! Pour un Chagall qui submerge et un Soljénytsine qui rugit, l'on n'entend plus que bêlements d'esclaves. L'Europe se retrouve assiégée, déjà menacée des pires assauts. C'est ce qu'il abhorre par dessus tout : cette énorme peur qui rôde, comme l'une de ces lourdes brumes nauséabondes et malsaines qui, le soir, s'étirent sur les marais. Il en garde un malaise qu'il ne parvient pas à surmonter.

Pourtant, c'est l'heure où il parvient au sommet de son art.

Il faudrait tout citer, de ses œuvres maîtresses, du "STETHOSCOPE ET NOIX" au "CANARD A LA LORGNETTE", de "NUDE IN A LIFE" à "PECHEUR D'HOMMES", des "ARCADES" aux "NOUVEAUX ROULEAUX".

Splendeurs.

1977, il donne "L'ORANGE ET L'INFINI". L'orange, épluchée à son sommet, comme décapitée, repose, dans le coin gauche de la toile, sur une table, toute nue et toute bistre, en voisinage à un linge couleur de paille et un entonnoir translucide (entonnoir pour travaux chimiques, utilisant des acides), qui a perdu tout sens d'équilibre. L'infini, c'est dē la terre cendrée et craquelée qui dessine une large baie sur un lac du plus discret vert véronèse, une modeste montagnette enserrant une petite plage à sable d'or, un calme ciel en dégradé de tous les bleus et un écrasant nuage, dolmen aérien, couleur maïs défraîchi, qui reconstitue

"Nu dans une Vie". 1962
Huile sur toile 92x60 cm (30 M)
Collection particulière - U.S.A.

"Pêcheur d'Hommes". 1978
Huile sur toile 130x89 cm (60 P)
Collection particulière - France

"les Arcades ou la Tente de Dieu". 1978
Huile sur toile 100x73 cm (40 P)
Collection particulière - France

"Les Nouveaux Rouleaux". 1977
Huile sur toile 92x65 cm (30 P)
Collection particulière - France

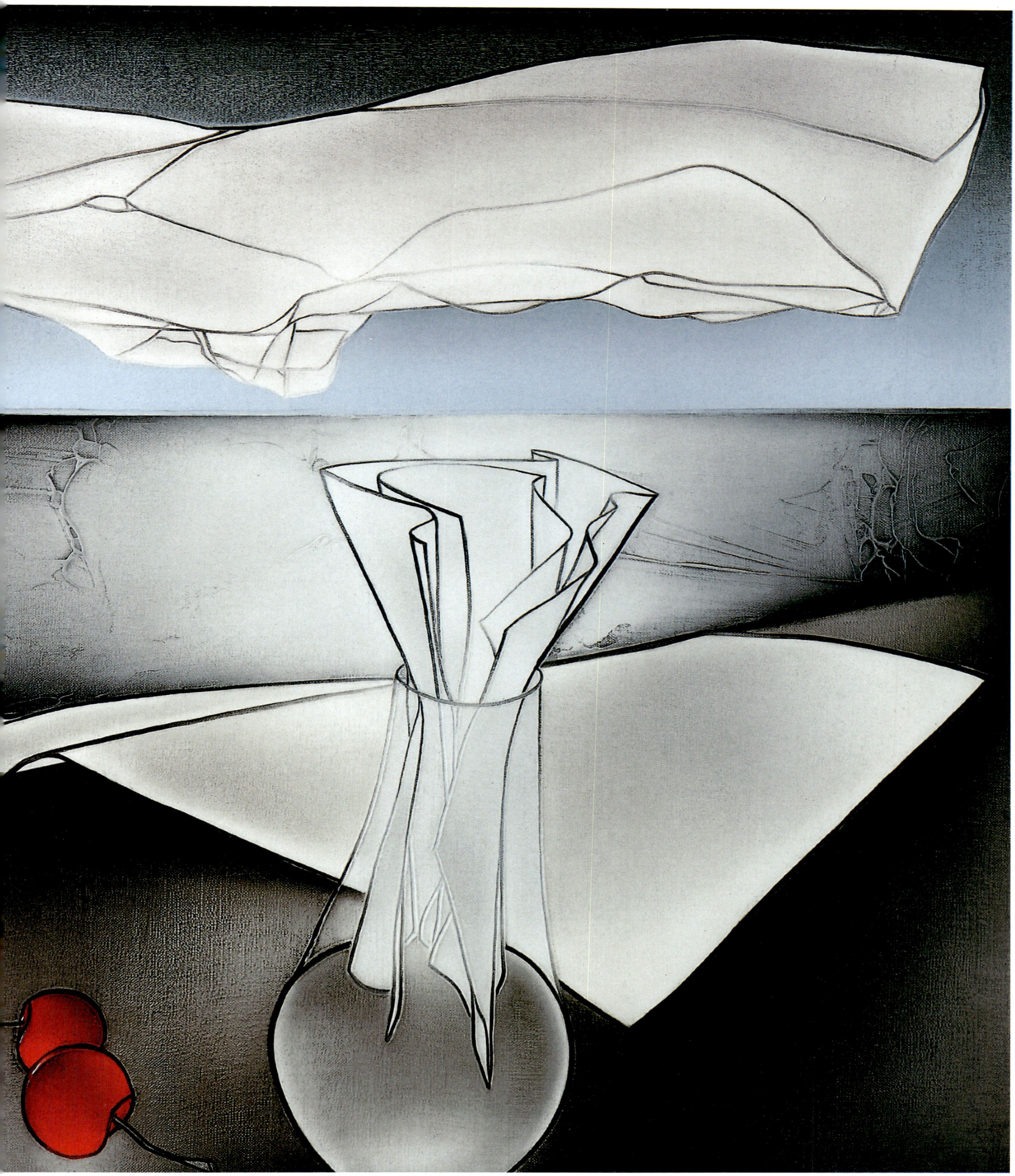

"L'Orange et l'Infini". 1977
Huile sur toile 92x60 cm (30 M)
Collection particulière - France

la plate-forme expiatoire et le monumental escalier d'un temple aztèque. L'entonnoir et la trace de l'épluchage sont les seuls signes humains. Hors ces deux marques, si peu prétentieuses, autant contempler un premier matin du monde. Cette émeraude, c'est un dieu qui la ramassera. Ce nuage, il obéit au dessin capricieux d'un dieu peintre. Ce ciel en demi-deuil, il n'y a qu'un dieu triste pour l'avoir imaginé. Conclusion : l'orange est plus attirante que l'infini ; la parfaite géométrie de l'entonnoir, même s'il est peut-être carafon, n'est pas moins admirable que les horizons de l'éternité. On pense irrésistiblement au mot fameux de Pascal : "Le silence éternel des espaces infinis m'effraie." Il est trop vrai que tout est silence : ce lac lui-même, aux eaux si dormantes, n'est là que pour nous éviter un vacarme d'océan, ce ciel un abîme de typhons...

1978. Dans cette seule année, il aura peint "Le royaume de Dieu" ," Le pain vivant cosmique", "Les marguerites ou offrande pour l'aube", "L'androgyne (fils de l'homme)", "Nu sur un horizon", "L'autre rive", "Les arcades ou la tente de dieu", "Pecheur d'hommes" et "Voici, je fais toute chose nouvelle"...

"Le pain vivant cosmique", avec à nouveau jeu très étudié de rectangles et de triangles, est certainement celui qui évoque le plus puissamment l'après-Dali. Un corps de lutteur, aux jambes athlétiques et aux rotules extraordinairement prononcées, est crucifié sur une plaque d'acier. Un linge - décidément, de tels linges sont chers à notre artiste - est le seul élément à faire liaison entre l'immense supplicié, qui couvre tout le haut du tableau, et le paysage du bas, qui se constitue d'éléments que nous connaissons bien, la montagne bistre, la cendre duveteuse, les deux mers contrastées et le coin de table en angle aigu. Seul élément criard : tout en bas, au plus bas, un bol de métal qui a recueilli le sang ; ce sang, d'un rouge très vif, fixe la seule présence solaire de la toile. Il y a quelque apothéose du surréalisme : dans le coin inférieur droit, la nappe de la toile, mal plaquée sur le meuble, dessine peut-être une marguerite, peut-être un crabe. Mais la vraie originalité et la vraie splendeur du tableau se révèlent dans le dégradé virtuose et insensible des bleus qui s'accomplit du coin supérieur gauche au coin inférieur droit. L'on commence par un triangle du bleu le plus épais, velours d'Albe tout prêt à recevoir un jour la cascade des étoiles. On poursuit par un acier d'un bleu laiteux, qui tranche avec l'azur incandescent du ciel et le "véronèse" du lac. Le corps est ivoire bistre. La partie la moins haute du ciel est un bleu d'une tendresse sans limites. On termine avec le mauve des marais, l'or blanc des dunes et le blanc à peine bleuté de la nappe-crabe. Mais faut-il vraiment évoquer Dali ? On a tout lieu de penser que, depuis 1937, le Catalan travaille à l'épiscope ou au praxiscope, donc sur technique photographique. En conséquence, il s'interdit de réaliser des raccourcis aussi magistraux que ceux du "Pain vivant cosmique", car les *"focales"* utilisées déformeraient fatalement les limites extérieures

"Le Pain Vivant Cosmique". 1978
Huile sur toile 100x81 cm (40 F)
Collection particulière - France

"Les Marguerites ou l'Offrande pour l'Aube". 1978
Huile sur toile 81x60 cm (25 P)
Collection particulière - France

"L'Androgyne" (Fils de l'Homme). 1978
Huile sur toile 100x73 cm (40 P)
Collection particulière - France

"Nu sur un Horizon". 1978
Huile sur toile 81x65 cm (25 F)
Collection particulière - France

"L'autre Rive". 1978
Huile sur toile 92x65 cm (30 P)
Collection particulière - France

"Voici, je fais toute chose nouvelle"(Rév. 21:4). 1978
Huile sur toile 116x81 cm (50 P)
Collection particulière - France

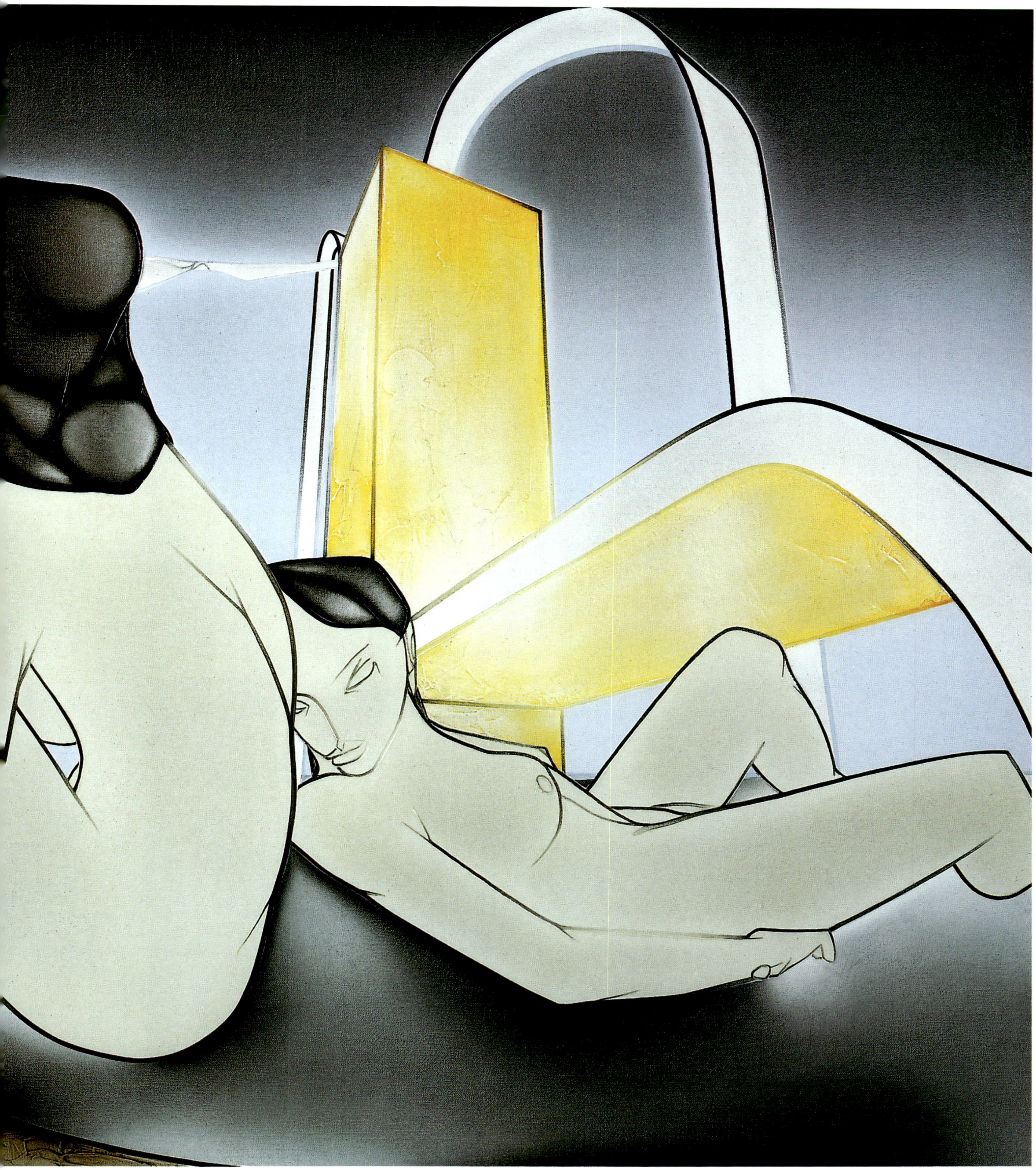

du corps. Comme quoi il traite des raccourcis *sages* pour ne pas dévoiler sa technique. Par ailleurs, certains experts expliquent que certains supports utilisés par Dali ont reçu une émulsion photonique apte à reconstituer une image projetée sur lui. C'est ainsi que, malgré son génie fulgurant, il ne peut vraiment faire voler les montagnes de Port-Lligat : sans doute peut-on penser qu'après projection, il peint pour recouvrir minutieusement l'image fixée photographiquement ; il ne peut alors que mettre un peu de bleu du ciel entre les montagnes et la mer pour parvenir à faire voler un peu ses montagnes ; on n'en conclut qu'une chose, c'est qu'il a diminué la masse des montagnes. Même s'il y a davantage probabilité que preuve, raisonnement que démonstration, il est tout à fait acquis que Georges Yatridès est beaucoup plus dans la manière savante et rigoureuse de Léonard. Yatridès, l'anti-Picasso, aime dire Bourmeyster. Yatridès, finalement, dans un certain sens, est aussi l'anti-Dali.

"EZECHIEL", le prophète annonciateur de la destruction de Jérusalem, sous les traits d'un bel androgyne, s'est couché sur le côté droit pour dormir, près d'un bloc de marbre figurant les remparts qui vont tomber. Il n'y a pas, comme chez Zurburran, de muscles noueux ni de corps tordus, ni de dos de moines suppliciés. Le corps d'Ezéchiel ne porte aucune trace de violence. Il dort tout à fait paisiblement sur son sable chaud. Mais la couleur fait penser à l'artiste espagnol, notamment la couleur du corps et celle du mur. Du soufre. Du crachat. Du pus. La couleur a happé toute la violence. L'on doit y être d'autant plus attentif qu'Ezéchiel n'était pas un intellectuel ; il était fondamentalement un imaginatif extatique ; il était plus sensible aux symboles qu'aux choses réelles, à preuve sa vision prophétique des ossements desséchés. Tout respire et sent la mort. Le ciel est ou noir sinistre ou illuminé des lueurs d'un incendie pâles. Un nuage musculeux, comme un bras de mercenaire aux ordres, jaillit pour tout briser. La terre est plus craquelée, plus ravagée, plus torturée que jamais. A d'autres de juger qu'à la vérité ce beau corps qui repose est d'abord porteur d'espérance et exprime la vie toujours recomposée : les monuments tombent, les montagnes s'écroulent, les étoiles s'éteignent, la vie, quant à elle, elle est toujours là. Ils disent aussi que ce marbre est la "brique" dont parlent les Ecritures, le réceptacle où viendront s'anéantir les faux orgueils du peuple élu. Chaque témoin a droit à sa propre version. Tout autant, avec ces couleurs d'horreur, le tableau peut annoncer aussi l'apocalypse. Table rase. Le corps lui-même de l'androgyne, si harmonieux, si lisse, si heureux dans son sommeil prend couleur de cadavre - la brique, couleur de maison brûlée.

"LES MARGUERITES" chantent l'hymne à la vie. Rarement, chez Yatridès, toile d'une telle gaieté, comme quoi il peut tout traiter, du plus étreignant au plus frais. Nul besoin de vase : les marguerites tiennent, dansottent sur leurs pattes de héron comme si elles étaient êtres vivants. Tout chante, autour du cœur, comme une orange, qui illumine la marguerite la plus généreusement ouverte. Le mur de gauche est du vert le plus léger. Le ciel n'est que repos.

"Ezechiel". 1978
Huile sur toile 116x89 cm (50 F)
Collection particulière - France

Le linge qui tombe d'un anneau de ciseaux s'amollit comme une silhouette voluptueuse. Un joyeux soleil invisible éclaire de lueurs irradiantes tout le sommet de la mappemonde, quasiment sans marques de craquelure ou cicatrices, qui figure l'ici-bas. Les marguerites dessinent une croix, pour mieux exprimer piété délicate ou joie de vivre. Quadrille ou sardane. On danse en se donnant la main. Ici, ce sont les fleurs qui s'assemblent, en symbole d'harmonie vivante.

On pourrait taquiner Yatridès avec "L'ANDROGYNE FILS DE L'HOMME". Il y a un film de Hitchcock *"Qui a tué Harry ?"* qui commence par la vision de deux pieds à chaussettes de grosse laine rouge, pieds d'un cadavre à mystères. Vous ne voyez d'abord, au premier plan, que deux énormes pieds, plante en avant, orteils largement ouverts, d'un solide dormeur - ou cadavre - qui ne vous découvre d'autre qu'un caleçon brun, une main droite en griffe de squelette et un bras gauche tout droit, tout raide, paume de la main en l'air. La vision est volontairement grotesque et agressive. D'ailleurs, pour mieux illustrer l'anéantissement, on ne vous laisse pas apercevoir la moindre trace de visage. Autant découvrir un décapité. Tout le reste est saugrenu, sauf la traditionnelle montagne bistre : sur la droite, le parallélépipède rectangle en perspective, dont le personnage vient d'être décroché, et qui s'équilibre avec peine sur sa base ; sur la gauche, près d'un lac livide, un rocher brun posé sur sa pointe ; en plein centre, telle flaque de sang ou tel champ de coquelicots ; sous le corps, le linge blême tout phosphorescent, Yatridès n'aura pas donné d'œuvre plus déroutante. Tout vacille, tout étonne. Les violets et les jaunes les plus irritants se disputent la toile, des violets sales, des jaunes insultants. Mais l'ensemble, en définitive, exprime une extraordinaire beauté sauvage. On voudrait aller soulever le linge qui cache le visage, aller soutenir la colonne qui tremble, aller du moins cueillir l'une de ces fleurs rouges. Il est là, l'univers, mystère. Rien n'est révélé de définitif. Tout n'est qu'images. Tout reste à expliquer. Vous restez perplexe comme devant la plus puissante énigme policière de tous les temps.

"NU SUR UN HORIZON" est l'un des tableaux les plus nostalgiques - sans doute parce qu'il est l'un des plus simples, sinon le plus pur. Assise contre un mur, une jeune femme, toute nue, au souple corps couleur de cendre chaude, coiffée d'un bronze très doré, rêve, les yeux ouverts. Hors elle, vous ne voyez qu'une terre jouant de tous les violets, un ciel avec tous les bleus et un nuage grossièrement taillé dans une substance couleur blanc-gris. C'est toute l'histoire. Si vous pouviez, vous iriez vous asseoir près de la jeune femme, et au nom d'une communion à la fois aussi simple et aussi dense, vour feriez silence avec elle, les yeux ouverts.

"LES ARCADES" titrent le tableau de loin le plus architectural et sans doute le plus savant. C'est bien aussi "LA TENTE DE DIEU", et on croit retrouver l'âpre atmosphère de *"La planète"* du cinéma avec ses Lilliputiens broyés. Deux garçons, pâle chemisette légère et sombre pantalon de tissu épais, figurent au premier plan, l'un accroupi et contemplateur, l'autre indifférent et déambulant, celui-là très chevelu, celui-ci crâne à la Yul Brynner. Le dessin de la tente est souligné par des traits d'or, d'une netteté parfaite, incurvés pour faire deviner une construction en arrondi. Le mât central, gris rose, est robustement planté dans un humus. Des blocs de marbre, d'un orange dégradé et ridé de nervures, attendent paisiblement un rôle. L'inévitable montagne rouge brun de Mars est totalement déplacée cette fois sur la droite (cette montagne, finalement véritable signature de l'artiste), sous l'un des plus ciels qu'aura jamais imaginé Yatridès : les feux lourds, jaunes, orangés, et oranges réellement sombres, presque noirs, sans aucune trace de brun, d'un soleil comme d'habitude invisible, repoussent de toute leur secrète féerie la nuit qui voudrait tomber. Jusqu'au plus profond des ténèbres, l'astre, à moins qu'il s'agisse d'un puissant éclairage de main humaine, allume des reflets fauves. Chapiteau de cirque, à spectacle promis inédit, que l'un attend avec philosophie, l'autre avec impatience ? Maison de l'Eternel, aux lois arbitraires, auxquelles l'un se résigne par fatalisme, contre lesquelles l'autre ne pense qu'à protester ? Coupole religionnaire, où l'un fait figure de victime expiatoire, l'autre de prieur ensorcelé, et où il y a surtout à deviner sur le lointain les feux des autodafés des inquisiteurs ? Baraque de jeux, où l'un joue déjà les blasés, où l'autre réclame encore des ivresses, avec feux d'artifice et feux de Bengale ? Prière ou cruauté ? Philosophies impénétrables ou amusements simples ? Du coup, toutes les couleurs sont de la féerie, des plus pesantes et des plus sauvages aux plus légères et aux plus riantes. La scène est si puissamment envoûtante que vous voudriez aller réveiller ce somnambule et interroger cet angoissé, dont l'énorme main crispée, vrai gant de fer, interprète à elle seule les peurs ou les sectarismes du personnage.

"VOICI, JE FAIS TOUTE CHOSE NOUVELLE" est le développement du tableau de 1973, "ET LA MORT NE SERA PLUS". Le mot est une révélation de l'apôtre Jean : "Et la mort ne sera plus, ni cris, ni douleurs, voici, je fais toute chose nouvelle". Deux androgynes rêvent tout nus, corps couleur ocre-gris, sur une plage bleue. L'un, vu de dos, longs cheveux noir froid, est accroupi à la manière des tailleurs. L'autre, allongé, nous montre un visage en pleine contemplation intérieure. Tout est au gris et au bleu, sauf un coin de la rituelle terre vitrifiée, en bas, dans le coin gauche, un monument, jaune orangé, à droite. Tout est dans l'ordre de nouveau éternel : la mort n'existe plus.

Et tout est espoir sur "L'AUTRE RIVE". Jamais un tel recueillement et si protégé. Comment n'y parviendrons-nous pas, à ce rivage mille fois demandé ? Nous avons deux barques

sans la moindre usure pour le voyage. Les eaux mauves n'ont pas une ride. Les montagnes ne promettent aucune avalanche. Le ciel est au repos d'un crépuscule sans drame ou d'un matin sans peur. Un escalier d'or prend son élan vers les royaumes divins. Tout incendie est absent. La terre dort, de même que la rive qu'il faut quitter. La perspective est imprenable, de plan en plan, depuis la première barque au premier niveau jusqu'au nuage qui joue en souplesse sur l'horizon dans la pénombre.

"Le pecheur d'hommes" est le plus sûr de lui-même. Un roc de certitude et de confiance. Il est surpris dans la position voisine de celle d'un sprinter qui s'élance, sauf qu'il garde le buste tout droit. Solide, vif, personne n'en saurait douter. De plus, il a les longs cheveux, les épaules carrées et le plein visage d'un Tarzan de la Palestine. Alors, autour de lui, tout est prêt pour sa besogne, la barque d'un beau bois d'iroko, la plage d'or, la mer étale, le ciel tranquille, l'aqueduc grandiose qui monte au ciel. Il y a hymne. Peu importe si de larges nuages maintiennent les interrogations fondamentales, si la terre prend couleur de bois calcinés, si un roc se devine à la pointe de la baie. Tout sera sauvé, puisque cet homme chante, croit et dispose en secret des plus heureux filets du monde. Féerie athénienne. Miracle grec. Il n'y a plus une seule trace de civilisations sans espoir ou de races vaincues. Tout est gloire.

Je regarde encore une fois mon *"ROYAUME DE DIEU"*, le lac vert Véronèse, la flaque de pourpre, l'escalier maya pour les âmes récompensées, le nuage cigogne, la tubulure futuriste, la terre qui se voudrait aussi bleue que le ciel et le robuste et grand garçon tranquille, au col largement ouvert, qui est peut-être aztèque, peut-être prince des bords du Congo, peut-être pêcheur crétois, peut-être fils de Nazareth ou paysan du Dauphiné. Ce que je sais, du moins, c'est que tout est là de l'indéfinissable, de l'insaisissable aventure humaine...

Arthur CONTE

INDEX

REPRODUCTIONS IN-TEXTE
54 polychromies, 32 monochromies

Sous-bois (le double tableau). 1945
Huile sur toile 46×38 cm (8 F)
Collection particulière - France

Colline provençale. 1949
Huile sur toile
Collection privée - France

Les Paysannes de Volos. 1947
Huile sur toile
Collection privée - France

Un vrai Nouveau Paysage. 1947
Huile sur toile
Collection privée - France

Les Promeneuses des environs d'Aix-en-Provence. 1946
Huile sur toile
Collection privée - France

La Chaise et le Bouquet. 1948
Huile sur toile 73×54 cm (20 P)
Collection particulière - France

Le Salon en rut. 1948
Huile sur toile 81×65 cm (25 F)
Collection particulière - France

L'Allée. 1948
Huile sur toile
Collection privée - France

Le Jeu de Cartes. 1948
Huile sur toile 65×50 cm (15 P)
Collection particulière - France

L'Alambic. 1949
Huile sur toile
Collection privée - Angleterre

Le Printemps des Planètes. 1949
Huile sur toile
Collection privée - R.F.A.

Le Spectacle de la Liberté (L'Opéra). 1950
Huile sur toile
Collection privée - R.F.A.

Portrait. 1952
Huile sur toile
Collection privée - Suisse

L'Oiseau de Feu. 1950
Huile sur toile
Collection privée - Suisse

Structures essentielles. 1950
Huile sur toile
Collection privée - Angleterre

Portrait Bleu (La petite juive muette). 1954
Huile sur toile 65×54 cm (15 F)
Collection particulière - France

La Miche de Pain. 1954
Huile sur toile 92×73 cm (30 F)
Collection particulière - France

Les Trois Femmes . 1955
Huile sur toile 73×54 cm (20 P)
Collection particulière - U.S.A.

Le Nu au Livre. 1959
Huile sur toile 100×65 cm (40 M)
Collection particulière - U.S.A.

Le Chat. 1958
Huile sur toile 73×54 cm (20 P)
Collection particulière - U.S.A.

Composition. 1957
Huile sur toile 116×81 cm (50 P)
Collection particulière - U.S.A.

La Charrette. 1958
Huile sur toile 73×54 cm (20 P)
Collection particulière - U.S.A.

La Lanterne. 1958
Huile sur toile 73×60 (20 F)
Collection particulière - U.S.A.

Le Prédateur. 1958
Huile sur toile
Collection privée - U.S.A.

La Jeune Femme à l'Enfant. 1959
Huile sur toile 91,5×35,5
Collection particulière - U.S.A.

La Jeune Turque au Masque. 1960
Huile sur toile 94×43 cm
Collection particulière - U.S.A.

Concerto en Blanc. 1959
Huile sur toile
Collection privée - U.S.A.

L'autre. 1963
Huile sur toile 81×60 cm (25 P)
Collection particulière - U.S.A.

Evasion. 1959
Huile sur toile
Collection privée - U.S.A.

Sur la Chaise Bleue. 1959
Huile sur toile
Collection privée - U.S.A.

Le Miroir. 1958
Huile sur toile 92×60 cm (30 M)
Collection particulière - U.S.A.

Le Masque Mutilé. 1959
Huile sur toile 65×46 cm (15 M)
Collection privée - U.S.A.

La Boucherie Chevaline. 1959
Huile sur toile 73×50 cm (20 M)
Collection particulière - U.S.A.

Le Portrait. 1959
Huile sur toile 73×50 cm (20 M)
Collection particulière - U.S.A.

Le Petit Déjeuner. 1959
Huile sur toile 73×50 cm (20 M)
Collection particulière - U.S.A.

L'Eurasienne et le Lampadaire. 1959
Huile sur toile 92×65 cm (30 P)
Collection particulière - U.S.A.

Le Bouquetin. 1959
Huile sur toile 65×50 cm (15 P)
Collection particulière - U.S.A.

Personnage au Piano. 1960
Huile sur toile 81×60 cm (25 P)
Collection particulière - U.S.A

Jeune Fille. 1960
Huile sur toile
Collection privée - U.S.A.

L'Assiette et le Nu. 1959
Huile sur toile 81×65 cm (25 F)
Collection particulière - U.S.A.

Jeune Femme Assise. 1960
Huile sur toile 101,50×50,75 cm
Collection particulière - U.S.A.

La Rivière. 1960
Huile sur toile 91,5×35,5 cm
Collection particulière - U.S.A.

La Rue en Pente. 1960
Huile sur toile
Collection privée - U.S.A.

Soc de Charrue. 1960
Huile sur toile
Collection privée - U.S.A.

La Seine en Banlieue. 1961
Emulsion-tempera sur toile 81×54 cm (25 M)
Collection particulière - U.S.A.

La Rue la Nuit - 1961
Tempera sur toile 73×50 cm (20 M)
Collection particulière - U.S.A.

Le Kiosque à Musique. 1961
Tempera sur toile 92×60 (30 M)
Collection particulière - U.S.A.

La Prière. 1961
Huile sur toile
Collection privée - U.S.A.

Nature morte au téléphone. 1961
Tempera sur toile 92×73 cm (30 F)
Collection particulière - U.S.A.

Concerto N° 3 de Prokofiev. 1961
Huile sur toile 104×48 cm
Collection particulière - U.S.A.

Femme au Fruit. 1961
Huile sur toile 81×65× cm (25 F)
Collection particulière - U.S.A.

Pureté. 1962
Huile sur toile 65×54 cm (15 F)
Collection particulière - France

Personnages sur la Plage. 1963
Huile sur toile 100×65 cm (40 M)
Collection particulière - France

La Convalescente. 1959
Huile sur toile 100×73 cm (40 P)
Collection particulière - France

Le programme. 1961
Huile sur toile 73×55 cm (20 P)
Collection particulière - France

Tête Coupée sur Table. 1961
Huile sur toile 73×54 cm (20 P)
Collection particulière - France

L'Adolescent et l'Enfant. 1963
Huile sur toile 100×81 cm (40 F)
Collection particulière - France

Christ, Leïca et Orange. 1963
Huile sur toile 92×73 cm (30 F)
Collection particulière - France

Tranches de Pastèque en Croix. 1966
Huile sur toile 100×81 cm (40 F)
Collection particulière - France

Jeune Femme dans son rêve. 1967
Huile sur toile 116×81 cm (50 P)
Collection particulière - France

L'Abondance de Paix (La Femme à la mouette). 1973
Huile sur toile 92×73 cm (30 F)
Collection particulière - France

Création Selon son Espèce. 1963.
Huile sur toile 92×73 cm (30 F)
Collection particulière - France

L'Orange percée. 1966
Huile sur toile 92×60 cm (30 M)
Collection particulière - France

Sommeil dans un paysage. 1973.
Huile sur toile 92×73 cm (30 F)
Collection particulière - France

Le Supplicié à l'Astre. 1973
Huile sur toile 116×73 cm (50 M)
Collection particulière - France

La Fontaine et le Couteau. 1973
Huile sur toile 92×60 cm (30 M)
Collection particulière - France

Le petit Port à la Plaque. 1965
Huile sur toile 81×54 (25 M)
Collection particulière - U.S.A.

Stéthoscope et Noix. 1973
Huile sur toile 92×73 cm (30 F)
Collection particulière - Angleterre

La Fontaine. 1973
Huile sur toile 81×60 (25 P)
Collection particulière - France

Apostasie. 1973
Huile sur toile 100×81 cm (40 F)
Collection particulière - France

Le Canard à la Lorgnette. 1977
Huile sur toile 92×65 cm (30 P)
Collection particulière - France

Restez vigilants (1 Pierre 5:8). 1973
Huile sur toile 92×73 (30 F)
Collection particulière - France

Et la Mort ne sera plus (Rév. 21:4). 1973
Huile sur toile 116×81 (50 P)
Collection particulière - France

Hommage à Breughel. 1973
Huile sur toile 100×73 cm (40 P)
Collection particulière - France

La Pain Biblique. 1973
Huile sur toile 92×60 cm (30 M)
Collection particulière - France

La Créature aux fleurs. 1977
Huile sur toile 73×60 cm (20 F)
Collection particulière - France

Nu dans une Vie. 1962
Huile sur toile 92×60 (30 M)
Collection particulière - U.S.A.

Pêcheur d'Hommes. 1978
Huile sur toile 130×89 cm (60 P)
Collection particulière - France

Les Arcades ou la Tente de Dieu. 1978
Huile sur toile 100×73 cm (40 P)
Collection particulière - France

Les Nouveaux Rouleaux. 1977
Huile sur toile 92×65 cm (30 P)
Collection particulière - France

L'Orange et l'Infini. 1977
Huile sur toile 92×60 cm (30 M)
Collection particulière - France

Le Pain Vivant Cosmique. 1978
Huile sur toile 100×81 cm (40 F)
Collection particulière - France

Les Marguerites ou l'Offrande pour l'Aube. 1978
Huile sur toile 81×60 cm (25 P)
Collection particulière - France

L'Androgyne (Fils de l'Homme). 1978
Huile sur toile 100×73 cm (40 P)
Collection particulière - France

Nu sur un Horizon. 1978
Huile sur toile 81×65 cm (25 F)
Collection particulière - France

L'autre Rive. 1978
Huile sur toile 92×65 cm (30 P)
Collection particulière - France

Voici, je fais toute chose nouvelle (Rév. 21:4). 1978
Huile sur toile 116×81 cm (50 P)
Collection particulière - France

Ezechiel. 1978
Huile sur toile 116×89 cm (50 F)
Collection particulière - France

Le Royaume de Dieu. 1978
Huile sur toile 92×73 cm (30 F)
Collection particulière - France

POSTFACE

Au moment où s'achève la composition de ce livre, une évidence s'impose : il ne saurait prétendre à une présentation exhaustive de l'œuvre de YATRIDES. La sélection des toiles répond à un choix dicté par le développement même de l'ouvrage.

Afin de ne pas donner au lecteur l'impression qu'on cherche à l'enfermer dans une interprétation canonique et définitive, afin d'ouvrir ce livre sur l'avenir, sur la recherche future de YATRIDES, il paraît opportun de proposer en appendice, l'index d'une ébauche de catalogue-recueil des toiles réalisées. Une ébauche, car même ainsi repertorié, l'ensemble ne constitue qu'un fragment de l'œuvre dispersée à travers le monde.

POSTFACE INDEX

UNE EBAUCHE D'INDEX
DES PEINTURES REALISEES

Les cyprès et le Pont en bois. 1944
Huile sur carton toilé 41 × 33 (6 F)
Collection particulière - France

L'un des trois Ponts en bois. 1944
Huile sur carton toilé
Collection privée - France

Vue de mon Balcon. 1944
Huile sur carton toilé
Collection privée - France

Le 3e Pont en bois. 1944
Huile sur carton toilé
Collection privée - France

L'Autre Paysage. 1945
Huile sur carton toile
Collection privée - U.S.A.

Les oliviers incendiés. 1946
Huile sur carton toilé 55 × 44 cm (10 F)
Collection particulière - France

Le Café à la combinaison-culotte. 1946
Huile sur carton toilé 46 × 38 cm (8 F)
Collection particulière - France

Les Arbres du diable. 1946
Huile sur carton toilé
Collection privé - France

Le Vase bouché. 1946
Laque sur toile 73 × 54 cm (20 P)
Collection particulière - France

Le Portrait Rouge. 1948
Laque sur toile 55 × 46 cm (10 F)
Collection particulière - Belgique

Les derniers jours de Pompéi. 1948
Huile sur toile 61 × 46 cm (12 P)
Collection particulière - Belgique

Etude pour une Usine et son Equipe de Rugby. 1949
Huile sur toile
Collection privée - Angleterre

La Ville. 1949
Huile sur toile
Collection privée - Suisse

Mystère des Celtes. 1951
Huile sur toile
Collection privée - Suisse

La Mort, le Réveil et l'Eternité (Rite Maya). 1951
Huile sur toile
Collection privée - France

Solitude. 1951
Huile sur toile
Collection privée - U.S.A.

Sculpture d'un Portrait. 1951
Huile sur toile
Collection privée - France

Volets ouverts sur le petit Salon. 1954
Huile sur toile 73 × 60 cm cm (20 F)
Collection particulière - France

Bouquet pour une fin d'après-midi. 1954
Huile sur toile 81 × 65 cm cm (25 F)
Collection particulière - France

Coin de table aux fleurs. 1954
Huile sur toile 73 × 51 cm (20 P)
Collection particulière - France

Deux Corps. 1963
Huile sur toile 100 × 65 cm (40 M)
Collection particulière - U.S.A.

Tête à tête. 1963
Tempera sur toile 92 × 65 cm (30 P)
Collection particulière - U.S.A.

Le Coquetier et la Théière. 1963
Huile sur toile
Collection privée - U.S.A.

Le Défi (La Contraction du Temps). 1964
Huile sur toile
Collection privée - U.S.A.

Paysage. 1964
Huile sur toile
Collection privée - U.S.A.

Le Pichet et le Noyau. 1964
Tempera sur toile 73 × 54 cm (20 P)
Collection particulière - France

Le Bouquet
(L'envers des "Tranches de Pastèque en Croix"). 1966
Huile sur toile 100 × 81 cm (40 F)
Collection particulière - U.S.A.

Le Quartier. 1977
Huile sur toile 73 × 60 cm (20 F)
Collection particulière - Franc

L'Orange et l'Infini. 1977
Huile sur toile 92 × 60 cm (30 M)
Collection particulière - France

L'Ecran (le portrait-écran). 1980
Huile sur toile 65 × 50 cm (15 P)
Collection particulière - France

L'Oiseau et le Fruit. 1980
Huile sur toile 65 × 50 cm (15 P)
Collection particulière - France

Le Poisson (lois vibratoires). 1980
Huile sur toile 81 × 54 cm (25 M)
Collection particulière - France

Paysage dans un Sommeil. 1980
Huile sur toile 65 × 46 cm (15 M)
Collection particulière - France

Demi-Pêche au Crabe. 1980
Huile sur toile 65 × 46 cm (15 M)
Collection particulière - France

Bust leaning on table. 1981
Huile sur toile 73 × 54 cm (20 P)
Collection privée - France

La Cane à l'Orange. 1981
Huile sur toile 100 × 73 cm (40 P)
Collection particulière - France

Plaidoyer pour une Seconde Vie. 1981
Huile sur toile 81 × 60 cm (25 P)
Collection particulière - France

Fréquences Harmoniques. 1981
Huile sur toile 65 × 50 cm (15 P)
Collection particulière - France

Le Pilier dénudé. 1981
Huile sur toile
Collection privée - France

La Fleur sans Pétales aux trois Cerises. 1981
Huile sur toile
Collection privée - France

La Barque pour un Citron. 1982
Huile sur toile 100 × 65 cm (40 M)
Collection particulière - France

Le Pilier-Spirale du Temps. 1982
Huile sur toile 92 × 65 cm (30 P)
Collection particulière - France

Le Pot de feuilles
(Le Pot de fleurs aux Feuilles mortes). 1954
Huile sur toile 61 × 50 cm (12 F)
Collection particulière - France

Le Poêlon par le Graphisme Absolu. 1955
Huile sur toile 92 × 73 cm (30 F)
Collection particulière - France

Le Pingouin. 1959
Huile sur toile 92 × 41 (36 × 16 inches)
Collection particulière - U.S.A.

Argali Mountain Sheep (Le Mouflon Argali). 1959
Huile sur toile 65 × 50 cm (15 P)
Collection particulière - U.S.A.

Portrait. 1959
Huile sur toile
Collection privée - U.S.A.

La tranche de melon. 1960
Huile sur toile 94 × 43 cm (37 × 17 inches)
Collection particulière - U.S.A.

Paysage au Moulin. 1960
Huile sur toile 92 × 36 cm
Collection particulière - U.S.A.

Le Studio. 1960
Tempera sur toile
Collection privée - U.S.A.

Le Port Espagnol. 1960
Tempera sur toile
Collection privée - Mexico

Le récipient Turc aux fruits. 1960
Tempera sur toile
Collection privée - France

Angle de Salon. 1960
Huile sur toile 73 × 60 cm (20 F)
Collection particulière - Belgique

Fragments. 1960
Huile sur toile
Collection privée - U.S.A.

Le Fruit aux deux Fleurs. 1960
Tempera sur toile
Collection privée - Brésil

La Lecture au Sèche-Cheveux. 1960
Huile sur toile 73 × 50 cm (20 M)
Collection particulière - France

Madame Balevsky. 1961
Huile sur toile
Collection privée - U.S.A.

La demi-poire avec Fleurs Espagnoles. 1961
Huile sur toile 92 × 60 cm (30 M)
Collection particulière - U.S.A.

Figuration abstraite. 1961
Huile sur toile 92 × 41 cm (36 × 16 inches)
Collection particulière - France

Abstraction représentée. 1961
Huile sur toile 92 × 41 cm (36 × 16 inches)
Collection particulière - France

L'Enfant et le Pantin. 1961
Huile sur toile 73 × 60 cm (20 F)
Collection particulière - France

Un Violon pour des Lunettes. 1961
Huile sur toile 73 × 50 cm (20 M)
Collection particulière - France

Le Corps d'un Ventre (la femme enceinte). 1961
Tempera sur toile 92 × 65 cm (30 P)
Collection particulière - France

Le Bouquet de Fleurs au Tamis. 1962
Huile sur toile
Collection privée - U.S.A.

Les deux Nus. 1962
Emulsion-tempera sur toile
Collection privée - U.S.A.

Le Port au Damier. 1962
Huile sur toile
Collection privée - U.S.A.

Régénération. 1962
Huile sur toile
Collection privée - U.S.A.

Les deux Fleurs. 1963
Huile sur toile 92 × 73 cm (30 F)
Collection particulière - U.S.A.

ISBN n° 2-9507049-0-5.
Dépôt légal Octobre 1992.
Gravé chez UGS à Lyon.
Imprimé sur les Presses de l'Imprimerie FOT à Lyon pour les Editions
"Lumière et Espace".

NOTE : Les bichromies correspondent aux agrandissements de documents photographiques de Douane (certains collectionneurs privés n'ayant pas permis la reproduction des œuvres qu'ils possèdent disséminées dans le monde. Leur reproduction permet ainsi de mieux apprécier les dimensions réelles des œuvres.
D'autre part le nombre de monochromies dans l'index page 265 est de 40 et non de 32.